雷峰塔

方成培　編撰
俞為民　校注

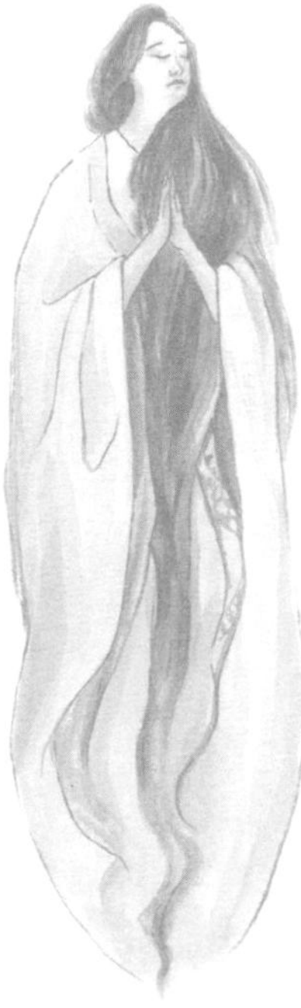

三民書局

雷峰塔　總目

引言

俞為民

雷峰塔所描寫的白蛇傳故事是我國四大民間傳說故事之一，長期以來，一直是戲曲、小說、說唱等俗文學的重要題材，廣為流傳，為人民群眾所喜聞樂見。

根據現存的文獻記載，最早將白蛇傳的故事搬上戲曲舞臺的是明初洪武年間郗經的西湖三塔記雜劇（見錄鬼簿續編），今已失傳。明萬曆年間，陳六龍也作有雷峰記傳奇，但今也不傳。明祁彪佳遠山堂曲品對它有一評語：「相傳雷峰塔之建，鎮白娘子妖也。以為小劇則可，若全本則呼應全無，何以使觀者著意？且其詞亦欲效顰華贍，而疏處尚多。」從這段評語中可見，該劇存在著許多弊病，情節不夠豐富，結構缺乏連貫，語言因追求典雅而晦澀難懂，而這些弊病可能就是使其不能流傳下來的原因。在現存的戲曲作品中，清代黃圖珌的雷峰塔傳奇是第一部描寫白蛇傳故事的戲曲。黃圖珌，字容之，號守真子，別號蕉窗居士，江蘇華亭（今上海松江）人。生於清康熙三十九年（一七〇〇），卒於乾隆年間。雍正時任杭州、衢州同知。作有傳奇六種，合稱排悶齋傳奇。雷峰塔傳奇所描寫的情節，吸取了前代有關白蛇傳故事的文學作品與民間傳說，如作者在伶人請新製棲雲石傳奇行世小引中自稱：「雷峰一編，不無妄誕，余借前人之齒吻，發而成聲。

於看山之暇，飲酒之餘，紫簫紅笛，以娛目賞心而已。」黃圖珌所謂的「前人之齒吻」，主要是指馮夢龍的白娘子永鎮雷峰塔話本，即劇中的主要情節取材於話本。在馮夢龍的話本中，白娘子的形象與唐代傳奇小說李黃及宋代西湖三塔記話本中的白娘子形象相比，已有了很大的轉變，即已由一個為人所憎惡的蛇妖初步轉變為能引起人們同情的美女，她雖尚未完全脫去妖氣，但已無害人之心，她嚮往人間的幸福愛情，對愛情執著堅貞。由於雷峰塔傳奇的情節主要取材於馮夢龍的話本，因此，作為主要人物的白娘子的形象，也繼承了話本中積極的一面，描寫了她對愛情的執著追求。但在主題上，黃圖珌並沒有借鑒話本的主題，他是借白蛇傳的故事來宣揚佛教因果輪迴的思想。劇作的這一主題，在第一齣慈音中就已經表明，如來上場升帳，說明東溟白蛇與座前捧缽侍者許宣有宿緣，然後宣法海上場，告以玄機，授以寶塔，待他們緣滿孽清之日，收取白蛇與青蛇，永鎮雷峰塔底，並接引許宣同歸極樂。出於這樣的主題，作者在劇中雖也描寫了白娘子與許宣的情緣，但帶有濃厚的佛教色彩，即白娘子與許宣的情緣不是作者描寫的重點，而是通過兩人的情緣，宣揚「苦心修行」、「一切皆空」等佛家「妙理」。因此，在劇中，兩人的情緣不真誠，尤其是許宣，自始至終對白娘子的愛一是不主動，二是疑慮重重，動搖不定。而白娘子雖有對愛情執著的一面，但面對法海的阻撓和破壞，她無所作為，抗爭不力，聽從命運的安排。同時，黃本尚未為白娘子脫去妖氣，如彰報齣，白娘子為水族報仇，嚴厲懲罰捕魚人，命青兒把捕魚人抓來，「將敗鱗折翅，斷鬚落爪，裝刺其身，乘入網中，拋於淺水薄灘之間，以示打網為之戒」。這就損害了白娘子的形象。由於黃圖珌的雷峰塔敷演的是民間早已流傳的白蛇傳的故事，因此，當劇本編成後，就被藝人們搬上了舞臺，如黃圖珌自稱：劇本「方脫稿，伶人即堅請以搬演之」（觀演雷峰塔傳奇引），「一時膾炙人口，轟傳吳越間」（伶人請新製棲雲石傳奇行世小引）。

黃圖珌的雷峰塔傳奇在流傳和演出過程中，民間藝人們根據觀眾的意願和舞臺演出的需要，又不斷對它加以修改。在乾隆年間出現了一部梨園抄本雷峰塔傳奇，相傳是經陳嘉言父女改編而成的。陳嘉言是乾隆年間揚州崑曲戲班「老徐班」中的丑腳演員，如揚州畫舫錄謂老徐班諸伶中，「三面以陳嘉言為最，一出鬼門，令人大笑」。由於陳改本沒有正式刊行，只是在梨園中傳抄，故通常稱它為「梨園抄本」或「舊抄本」。舊抄本是根據觀眾的意願即以同情與歌頌的態度來描寫白娘子與許宣的情緣的，因此，它在黃本基礎上作了較大的改動。一是為白娘子脫去了一些妖氣，使這一形象更具有人情味，更值得人們的同情。如刪去了黃本中回湖、彰報、懺悔、捉蛇等有損白娘子形象的幾齣戲，看得出舊抄本為了使白娘子能與擁有佛法的法海搏鬥而保留了一些蛇妖的面目外，在她與許宣的愛情上，則已為她脫盡了妖氣，成為一個美麗多情、勇敢善良的青年女子形象。二是增強了對白娘子與許宣的愛情的描寫，尤其突出了白娘子對愛情的堅貞執著，增加了端陽、盜草、救仙、水鬥、斷橋等幾齣重頭戲。三是給了白娘子與許宣的愛情一個美好的結果，增加了奏朝、祭塔兩齣戲，讓白娘子產下一子並中了狀元。這一結局雖符合下層觀眾的意願，但引起了一些封建衛道士的非議，如黃圖珌對這一情節十分不滿，曰：「白娘，蛇妖也，生子而入衣冠之列，將置己身於何地耶？」（觀演雷峰塔傳奇引）意謂白娘子不應該有這樣美好的結局，蛇妖之子也不配成為封建統治階級的一員。舊抄本在藝術形式上，也根據舞臺演出的需要，對黃本作了改進，如在結構上，使劇情發展更為緊湊，語言上更通俗易懂。由於舊抄本是根據觀眾的意願和舞臺實際加以改編的，故深受觀眾的歡迎，在當時曲壇上廣為流傳，「盛行吳越，直達燕趙」（同上）。

舊抄本因只在梨園中傳抄，沒有正式刊行，因此，自舊抄本產生後，到了乾隆三十六年（一七七一），又產生了由「岫雲詞逸改本、海棠巢客點校」的雷峰塔傳奇。岫雲詞逸即方成培，字仰松，別署岫雲詞逸，徽州人。生於清雍正年間，卒年不詳。作有雷峰塔、雙泉記兩種傳奇。方本雷峰塔是在舊抄本的基礎上改編而成的，在每齣的結尾處附有改本與原本間的主要差異。方成培自稱，其改本「較原本曲改十之九，賓白改十之七。求草、煉塔、祭塔等折，皆點竄終篇，僅存其目。中間芟去八齣。夜話及首尾兩折，與集唐下場詩，悉余所增入者」（雷峰塔自序）。從情節的設置與人物的塑造來看，方本在舊抄本的基礎上，對白娘子的形象作了進一步的改造，賦予了她更多的人情味，更突出了她對愛情的執著追求。同時，也對許宣的形象作了一些改造。在舊抄本中，白娘子的形象得到了改變，而許宣仍有動搖不定、不真誠的一面，如在付缽齣，當法海要他收取白娘子時，他竟不念舊情，毫不猶豫地接過缽盂，去收取白娘子。方本則改為許宣不願受缽，尚念「夫妻之情，不忍下此毒手」（重謁）。這樣不僅較合情理，而且也突出了兩人之間愛情的真誠。在劇本結構上，方本也作了一些改進，使劇情發展更為合理緊湊。

由上可見，雷峰塔傳奇在流傳和演出過程中，在故事情節與藝術形式上，都不斷地得到改進與完善。因此，它也深受廣大觀眾的熱愛，膾炙人口。直至今天，盜草、水鬥、斷橋等仍是崑曲中的傳統折子戲，經演不衰。另外，各地方戲中有關白蛇傳故事的劇目，如川劇、京劇、湘劇、越劇、揚劇中的盜仙草、金山寺（又名水漫金山）、斷橋等劇碼，也都是根據雷峰塔傳奇改編而成的。

雷峯塔傳奇卷一

岫雲詞逸改本

海棠巢客點校

第一齣　開宗

臨江仙　末上　西子湖光如鏡淨。幾將秋月春風。今來古往夕陽中。江山依舊在。塔影自凌空。　多少神仙幽怪。相傳故

雷峯塔　卷一　一

清乾隆年間雷峯塔傳奇刻本書影

齣目

第一齣 開宗❶

【臨江仙】（末❷上）西子湖❸光如鏡淨，幾番秋月春風。今來古往夕陽中，江山依舊在，塔影自凌空。多少神仙幽怪，相傳故老兒童。休疑豔異類齊東❹，妄言姑妄聽，聊復效坡公❺。（問答照常❻）

❶開宗：即「副末開場」。傳奇在正戲演出之前，照例先由副末上場念誦兩首詞調，向觀眾說明作者的創作意圖和劇情概要。

❷末：傳統戲曲腳色名。末有正、副之分，皆扮演男性角色，副末還用以開場。

❸西子湖：即西湖。位於杭州城西，著名風景區。西子，即西施，春秋末年越國美女，姓施，名夷光。宋蘇軾飲湖上初晴後雨詩：「欲將西湖比西子，淡妝濃抹總相宜。」

❹休疑句：豔異，即豔異編，古代文言小說集，多為言情、神怪等作品，相傳為明代王世貞作。類，同。齊東，即「齊東野語」，孟子萬章上載：孟子弟子咸丘蒙問孟子，舜為天子，堯率諸侯北面稱臣之說是否真實，孟子答曰：「此非君子之言，齊東野人之語也。」後便以「齊東野語」喻道聽塗說、不可信之語。

❺聊復句：坡公，指蘇軾，字子瞻，號東坡居士，作有艾子雜說，其中多有寫神怪、動物等寓言之作。因劇中寫白娘子為白蛇的化身，故謂暫且仿效蘇軾而作。

❻問答照常：指副末與後臺演員的問答，通常前臺的副末問今天上演哪本戲，後臺則答以戲名。

【沁園春】再世菩提⑦，白蛇妖孽，宿有⑧根源。恰附舟⑨巧合，兩相心許；贈金陸起，官事顛連⑩。逃避姑蘇，蛾眉俯就，旅邸花筵遂宿緣⑪。神仙廟，笑書符相贈，道者迍邅⑫。原形醉露牀前，急驚死良人⑬實可憐。覓嵩山⑭仙草，艱難救轉；寶巾遺禍，遭捕誰愆⑮。鐵甕仳離，金山水鬥⑯，一鉢妖光不復燃。雷峰⑰祭，感佛恩超度⑱，千

⑦ 菩提：佛教語。梵文 Bodhi 的音譯。指覺悟真理，明辨是非善惡。此指許宣。

⑧ 宿有：向有。

⑨ 附舟：搭乘便船。

⑩ 顛連：波折；困苦。

⑪ 逃避三句：姑蘇，即今蘇州。蛾眉，形容女子細長的眉毛，借指女子。旅邸，旅館；客店。宿緣，佛教語。指前世就有的姻緣。

⑫ 迍邅：音ㄓㄨㄣ ㄓㄢ。難行貌。形容困頓不順。

⑬ 良人：夫妻互稱，此指丈夫。

⑭ 嵩山：山名，又稱「嵩少」。在今河南登封。

⑮ 愆：過錯。

⑯ 鐵甕二句：鐵甕，城名，相傳為吳大帝孫權所築，以其堅固如金城，故名。此指鎮江。仳離，夫妻分離。仳，音ㄆㄧˇ。金山，在今江蘇鎮江西北，原在長江中，現已與南岸相連。

⑰ 雷峰：即雷峰塔，在杭州西湖南屏山麓淨慈寺前，五代越王妃所建，後倒塌，今已重建。

⑱ 超度：佛教語。指死者靈魂免受地獄之苦，得以超脫。

古永留傳。

覓配偶的白雲姑多情喫苦，了宿緣的許晉賢薄倖⑲拋家。

施法力的海禪師⑳風雷煉塔，感孝行的慈悲佛懺度㉑妖蛇。

---

⑲ 薄倖：薄情；負心。

⑳ 海禪師：指金山寺方丈法海。

㉑ 懺度：佛教語。悔過；超脫。

第二齣　付鉢

【仙呂・憶帝京】（雜十六尊者上❶）靈鷲岧嶤聳碧霄，雨天花旃檀共飄❷。（伏虎尊者引虎上）笑指牛哀化，還悟輪迴道❸。（眾）試看那寶蓮臺❹高，談說深微妙。無憂樹下任逍遙，鶖子三車會了，說甚風幡動與搖❺。（龍舞上，降龍尊者上，收龍介❻。眾）妙阿，禪心❼

❶ 雜十六尊者上：雜，傳統戲曲腳色名。常扮演生、旦等所扮演的主要角色之外的配角。尊者，佛教語。羅漢的尊稱，意謂智德俱尊者。

❷ 靈鷲二句：靈鷲，山名，在古印度摩揭陀國王舍城的東北，因其山峰似鷲頭而得名，或謂山中多鷲而得名。佛教聖地，相傳佛祖釋迦牟尼曾於此講經。鷲，音ㄐㄧㄡˋ。水鳥名。岧嶤，音ㄊㄧㄠˊ ㄧㄠˊ。形容山勢高聳挺立。雨天花，相傳佛祖講經時，天雨諸花，見妙法蓮華經分別功德品。旃檀，即「旃檀」。旃，音ㄓㄢ。香木名，即檀香。

❸ 笑指二句：牛哀化，相傳魯國人（一說韓國人）公牛哀病了七天後，化為老虎，其兄來看他，被他吃掉。輪迴，佛教語。佛教謂世間眾人皆輪迴輾轉於天、人、惡神、地獄、餓鬼、畜牲等六道之中，只有成道者，才可脫離輪迴之苦。

❹ 寶蓮臺：佛座為蓮花形，故稱。

不把毒龍鎍。香清功德水，玉磬靜中敲❽。（淨釋迦文佛、李天王、韋馱隨上❾）

【點絳唇】鷲嶺莊嚴，千花五葉❿靡窮盡。好悟三身，示汝恒河性⓫。

（眾拜介。淨）空即是色，色即是空⓬；要知非色非空，須觀第一義諦⓭。誰識無文無字，是為

❺ 無憂樹三句：無憂樹，佛教語。又名阿輸迦樹，相傳佛祖釋迦牟尼生於此樹下。鶖子，舍利女之子，釋迦牟尼四大弟子之一，有無窮智慧。三車，指牛、羊、鹿三車，也稱「三乘」。佛教以車乘比喻佛法，修煉的程度有高低，一乘稱「聲聞乘」，為小乘；二乘稱「緣覺乘」，為中乘；三乘稱「菩薩乘」，為大乘，修煉程度最高，不僅自己徹悟佛家真諦，而且還能讓眾生領悟成佛之道。風幡動與搖，相傳唐高宗儀鳳元年，慧能法師到南海法性寺講經，夜晚風吹幡動，聽見二僧在爭論，一說風動，一說幡動，慧能法師則說不是風、幡動，而是心動。意謂風與幡皆是因人之心而存在。見傳燈錄。

❻ 介：傳統戲曲術語。指動作或舞臺效果。也作「科」或「科介」。

❼ 禪心：佛教語。指寂靜安定、妄念不生之心。佛教的一種修煉方法。

❽ 香清二句：功德水，佛教語。佛教稱行善、心善為功德，又謂水有八種功德，即澄靜、清冷、甘美、輕軟、潤澤、安和、除饑渴、長養諸根，故名功德水。玉磬，玉石製成的磬。磬，打擊樂器。

❾ 淨釋迦文佛句：淨，傳統戲曲腳色名。淨也有正淨、副淨之分，傳奇中只有副淨，常扮演具有滑稽、兇狠性格的人物，男女皆可。釋迦文佛，即釋迦牟尼，佛教始祖。李天王，即多聞天王，梵名毗沙門，佛教四大天王之一，為護法天神兼施福之神，主領夜叉羅剎，右手托塔，故俗稱托塔天王。韋馱，佛教神名，事婆羅門的天神。

❿ 五葉：佛教語。指禪宗分五派。

⓫ 好悟二句：三身，佛教語。指佛，因佛有法、報、應三身，故稱。示汝恒河性，指示你佛的本性。恒河，印度的大河，佛教的發源地。

不二法門⑭。吾乃釋迦牟尼文佛是也。於毘嵐後，現清淨身，自無始來，出廣長舌⑮。揚法舸，救迷津，騰漢廷而皎夢⑯；持慧燈，燦長夜，照東域以流慈⑰。珠纓大士，常登護法之筵⑱。金杵⑲神王，每夾降魔之座。今日慧眼照得震旦峨眉山⑳，有一白蛇，向在西池王母蟠桃園中，

---

⑫ 空即是色二句：佛家總稱通過眼、耳、鼻、舌、身感覺到的有形萬物為色，無形為空。萬物皆由因緣而生，本非實有，故謂空即是色，色即是空。

⑬ 要知二句：佛家稱人之貪、嗔、善、惡等由人心產生的心理活動為「非色」；又稱佛法的實性為「非空」。義諦，佛教所謂的真實不虛妄的道理。

⑭ 不二法門：佛教語。佛教稱修行入道的門徑為法門，不二法門是指能直接入道、不可言傳的法門。

⑮ 於毘嵐後四句：毘嵐，暴風名，能破壞世界。自無始來，佛教謂世界眾生今生自前世來，而前世又從其前世來，最初的一世是不可知的，也即自無始來。出廣長舌，佛教謂舌廣而長，柔軟紅薄，能覆蓋面上至髮際，這樣的舌相，其所說的話必定是真實的。

⑯ 揚法舸三句：意謂佛教宣講佛法，超度眾生，到達清淨無煩惱的世界。法舸，佛舟。揚法舸，比喻佛教宣講佛法，超度眾生過生死海到達涅槃之岸。騰，飛升。漢廷，高空。皎夢，潔白；無實。

⑰ 持慧燈三句：慧燈，佛教所謂的智慧之燈。東域，指中國。因中國位於印度的東方，故稱。流慈，給眾生帶來歡樂。

⑱ 珠纓二句：珠纓，由珠串綴成的頸飾。大士，菩薩的通稱。護法，護持佛法。

⑲ 金杵：佛教傳說中的降魔兵器。

⑳ 今日句：慧眼，佛教謂眼有五眼，即肉眼、天眼、慧眼、法眼、佛眼，慧眼為二乘至眼，能看到過去與未來。震旦，東方屬震，日出之處。中國位於印度的東方，故古時印度稱中國為震旦。峨眉山，在今四川峨眉

潛身修煉㉑，被他竊食蟠桃，遂悟苦修，迄今千載。不意這妖孽不肯皈依㉒清淨，翻自墮落輪迴，與臨安許宣，締成婚媾㉓。那許宣元係我座前一捧鉢侍者，因與此妖舊有宿緣，致令增此一番孽案㉔。但恐他逗入㉕迷途，忘卻本來面目。吾當命法海下凡，委曲㉖收服妖邪，永鎮雷峰寶塔，接引許宣，同歸極樂㉗。法海何在？（外㉘應上）

【點絳唇】四忍三空，剎那彼岸功夫到㉙。極樂逍遙，早悟拈花笑㉚。

西南，有山峰相對如蛾眉，故稱。

㉑ 向在二句：西池，神話傳說西王母所居處，有蟠桃園，每當園中蟠桃結果成熟時，諸仙在瑤池集會，為西王母祝壽。潛身，專心從事。

㉒ 皈依：歸順；信服。

㉓ 婚媾：結成婚姻。

㉔ 孽案：指塵世姻緣。

㉕ 逗入：投入；陷入。

㉖ 委曲：輾轉曲折。

㉗ 極樂：佛教稱阿彌陀佛所居之世界，清淨，無諸惡道及眾苦。

㉘ 外：傳統戲曲腳色名。常扮演老年男性角色，早期南戲兼扮女性。

㉙ 四忍二句：四忍三空，指忍耐與徹悟。剎那，形容時間極短暫。彼岸，佛教謂涅槃之岸。

㉚ 拈花笑：相傳釋迦牟尼在靈山講法，拈花示眾，眾皆默然，惟迦葉破顏微笑。見五燈會元迦葉佛。意謂佛法要從內心領悟。

弟子法海參拜，有何金旨㉛？（淨）我這空門㉜廣大，法力無邊，初歸香阜㉝，只須虔念彌陀㉞；靜發慧根，何難立登般若㉟。今有捧鉢侍者許宣，業㊱以宿緣，遭彼白蛇迷其真性。汝今可往東土，速指歸元㊲，毋教墮落。（外）領法旨。

【油葫蘆】吾佛慈悲惠澤饒㊳，慧眼的開垂照。許宣呵，你可也戒了貪嗔㊴除煩惱，無邊苦海回頭早，急忙裡誦彌陀把罪孽消，守清規將因緣覺㊵。笑人間是非顛和倒，做盡了南柯夢㊶裡空歡笑，須索㊷聽晨雞唱罷暮鐘敲。

㉛ 金旨：尊稱旨意。
㉜ 空門：佛教謂一切皆空，故稱佛教為空門。
㉝ 香阜：佛教所謂的香山，即須彌山。
㉞ 虔念彌陀：虔誠地念佛。
㉟ 靜發二句：靜發慧根，佛教謂靜思修行，徹悟真理。般若，佛教所謂的最高智慧。
㊱ 業：已經。
㊲ 歸元：佛教語。也稱「歸真」。超脫凡塵，回歸本性。
㊳ 饒：多。
㊴ 貪嗔：佛教稱為二毒。貪，貪欲。嗔，生氣；發怒。
㊵ 覺：覺悟；得道。
㊶ 南柯夢：唐李公佐南柯太守傳寫淳于棼酒醉後夢入大槐安國，被招為駙馬，享盡榮華富貴。醒來原是一夢，大槐安國原來是大槐樹下的一個蟻穴。後以「南柯夢」比喻人生如夢，富貴無定。

【天下樂】我想那白蛇呵，可惜他千載焚修也那一旦拋，多也波㊸姣本是妖。這的是人妖宿有苗㊹，卻如何戀塵囂，直恁的㊺甘墮落，何不去悟真空，及早換皮毛。

【鵲踏枝】（淨）並不是為傳衣㊻降碧霄，了前因醉絳桃。這粉骷髏幻是神妖，那孽菩提宿有情苗㊼，纔走出火輪車㊽脫離苦惱，又撞入黑罡風㊾吹落皮毛。

（淨）護法神，將我鉢盂，付與法海者。（雜應介）（淨）你看我這鉢盂，外週四際，能結萬緣。貯水於中，即成甘露。將此孥妖，原形立現。

【哪吒令】願焚修念牢，感優曇萼繞㊿，把邪魔頓消。拂塵埃果苗，有緣士未覺。這法

㊷ 須索：須得；須要。

㊸ 也波：襯字，有聲無義。

㊹ 苗：根苗，喻指事情的根源。

㊺ 直恁的：竟然這樣。恁，如此；這樣。

㊻ 傳衣：禪宗以金色袈裟為法衣，登座傳法時穿著，故稱傳法為傳衣。

㊼ 粉骷髏二句：粉骷髏，此指白娘子。幻，變化。孽菩提，此指許宣。

㊽ 火輪車：佛教謂地獄。相傳地獄中有大銅鍋，下有十一輪，上有九十四火輪。

㊾ 罡風：佛教謂高空中的颶風。罡，音ㄍㄤ。

㊿ 願焚修二句：焚修念牢，焚香修行，牢記不忘。優曇，即優曇缽花。優曇缽即無花果樹，其花如蓮花十二瓣，一開就謝，不易看到。佛教謂優曇缽開花是佛的瑞應，故視之為祥瑞之花。

鉢因付託，覷51著他似月千江照，用不盡的妙理中包。

我有寶塔一座，高不盈尺，中奉萬佛，群妖見之，無不戰慄。今付於汝。（外）領佛旨。

【寄生草】頂禮浮圖下52，遙瞻雲影高。望蓮臺不散的香風繞，觀法相無限的金光罩。聽鐘鳴早把那妖氛掃。正如龍似象，法力果然豪，皈依莫待輪迴到。

（淨）這妖蛇雖然不守清規，卻因許宣原有宿緣，故令汝前去。待他們孽緣完滿之日，點悟許宣，奉我法寶，收伏此妖，鎖於雷峰塔底，永鎮妖氛。再將許宣點悟大道，引他同歸淨土，以成正果53。（外）謹依法旨。（淨）去罷。（外）弟子就此拜辭去也。（淨、眾吹打下）

【煞尾】（外）看俺纔離紫極霄，又踏紅塵道，好把那孽案勾消，須將這真元54相保。萬里乾坤錫杖挑55，向人間走遭，只把那小雷峰天生的妙景又重描。

51 覷：看。
52 頂禮句：頂禮，佛教徒拜佛行禮，五體投地，拜於菩薩足下。浮圖，佛塔，亦指佛。
53 正果：佛教謂經修行後得道。
54 真元：佛教謂萬物之本源。
55 萬里句：乾坤，天地。錫杖，禪杖，頭上有錫環，搖動作響。

醍醐[56]法味洒何濃？（盧綸）　四鉢須臾[57]現一重。（陸龜蒙）

若信貝多[58]真實語，（李商隱）　禪心高臥似疏慵[59]。（李洞）

---

[56] 醍醐：佛教稱從牛奶中提煉的精華，喻指最高的佛法。

[57] 須臾：短暫；片刻。

[58] 貝多：貝多羅樹葉，印度人用以寫經文，故以貝多語喻指佛經。

[59] 疏慵：懶散。

第三齣　出　山

【仙呂・浪淘沙】（淨）龍虎兩修持，慎守防危❶。空山誰為剖元機❷，流水花開都妙悟❸，臥看雲飛。

夙❹仰真仙第一流，世間名利事悠悠。他年得預瑤池會，不枉平生勵志修❺。貧道乃黑風仙是也。本結仙胎，心懷大道❻，但我雖修功行，未能列入仙班，須要忍性煉魔，久後方成正果。這也不在話下。貧道有一義妹，名曰白雲仙姑，向在西池蟠桃園中，潛身修煉。今到此峨眉山連環洞中，養成氣候❼，道術無窮。近因他欲往塵凡，度覓❽有緣之士。咳！仙姑嗄！只怕你

❶ 龍虎二句：修持，佛教語。遵守戒律，專心修行。慎守防危，佛教語。小心持守戒律，杜絕各種慾念。

❷ 空山句：剖，剖析；解明。元機，原因；最初的動機。

❸ 流水句：意謂只要真心修行，從流水花開這些自然界的細微之處，也能覺悟佛教的真諦。

❹ 夙：向來；以前。

❺ 他年二句：預，同「與」。參與。瑤池，即西池。神話傳說西王母所居處。勵志修，磨礪意志，專心修行。

❻ 本結二句：仙胎，佛教稱專心修行的人皆生於蓮花內，故稱「蓮胎」；又專心修行能長生不死，故又稱「仙胎」。大道，佛教語。指佛教教旨。

有戀紅塵，將來正果難成了。也罷，待他出來時，不免將言苦勸，阻他前往便了。

【前腔】（日❾）嵐影濕雲扉，臥雪餐芝❿。偶因花落點銖衣⓫，忽憶塵凡春色好，出岫⓬休遲。

（淨）仙姑。（旦）道兄稽首⓭！（淨答禮介）請坐！（旦）有坐！（淨）仙姑，想你在洞府修真⓮，堅心參悟⓯，料不久成真矣。（旦）多蒙過獎！道兄在上，愚妹有一言相告。（淨）不知仙姑有何見諭⓰？（旦）愚妹睹此紅塵勝景，錦繡繁華，意欲往凡間度覓有緣之士，到此同修。今日暫別道兄前往，不知可使得否？（淨）仙姑，聽我一言分剖：想你遠隔凡囂，久耽⓱幽靜，何必

---

❼ 養成氣候：指修煉得道。

❽ 度覓：佛教語。尋找有緣之人，勸其出家。

❾ 旦：傳統戲曲腳色名。扮演劇中的女主角。

❿ 嵐影二句：嵐影，山中的霧氣。扉，門。餐，吃。芝，芝草，香草名。

⓫ 銖衣：比喻極輕的衣服。銖，古代的計量單位，一兩的二十四分之一。

⓬ 岫：山洞。

⓭ 稽首：叩頭至地，行跪拜禮。

⓮ 修真：佛教語。專心修行，領悟佛教真諦。

⓯ 參悟：佛教語。鑽研佛經，領悟其義。

⓰ 見諭：敬詞。猶指教、見教。

⓱ 耽：沉溺。

自入紅塵，又遭纏擾？還請三思。（旦）多蒙道兄相勸，但我去意已決，斷難改移。（淨）仙姑阿！

【繡帶兒】覷凡塵人生能幾，你修煉正當今日，為甚麼動著一點凡心，反撇下千載根基？（旦）愚妹決意要去。（淨）**你休癡，修真養性誰堪⑱比？**（旦）此去不過度覓有緣之士。（淨）**那凡夫如夢怎提撕⑲？**（旦背唱）**我心兒裡有宿緣未舒，難道是少機謀不能前去？**

（淨）那凡夫俗子，只曉得貪戀榮華富貴，怎肯到此修真？你一入紅塵，唔！只怕有去無回，那時悔之晚矣。請細思之。

【醉太平】你道俗緣容易，恐後悔重聚難期。（旦）道兄說甚話來？（淨）**願伊休去，你欲去吾愁不美。**（旦）**我藏形度覓有誰識？**（淨）**還須三思。**（旦）**我欲行你休阻滯。我到塵寰，自解應變隨機。**

（淨）我也曉得你道術非凡，隨機應變。但依愚兄看來，到底是不去的是。（旦）承兄相勸，我意已決，不必阻我。（淨）既是去心難挽，請問此行何往？（旦）愚妹此去，只在臨安⑳。（淨）歸期何日？（旦）多則一載便回。（淨）仙姑，你此去須要藏形度覓，不可傷害生靈。若度得有緣之士，須早早回山。（旦）謹領道兄尊教！就此拜別。（淨）愚兄也有一拜。

---

⑱ 堪：能。

⑲ 提撕：提攜；引帶。

⑳ 臨安：今杭州，南宋京城。

【哭相思】（旦）偶愛繁華往帝畿㉑，（淨）未知何日是歸期？（旦）此去暫且分攜㉒耳，

（淨）我只怕一片閒雲去不迴。

（旦）道兄說那裡話！請回罷。（淨）不送了。（旦下）

雲飛天末水空流，（劉滄）石室㉓烟含古桂秋。（李郢）

自昔稻粱高鳥畏㉔，（陸龜蒙）君於此外更何求。（元微之）

㉑ 帝畿：京城和京城附近的地方。

㉒ 分攜：分離；分手。

㉓ 石室：石窟；岩洞。

㉔ 稻粱高鳥畏：禽鳥為食物而擔心，喻指人為衣食而忙碌操勞。

第四齣 上塚❶

【羽調・望吾鄉】（生❷上）意緒闌珊，英年滯市廛❸。生涯何處飛蓬轉？時乖拗煞男兒願❹，漫說志沖霄漢。顧行業，每自憐，辜負吾家月旦❺。

【朝中措】清明時節雨聲譁，潮擁渡頭沙。翻被梨花冷看，人生苦戀天涯。江山信美非吾土，遊玩總堪嗟❻。折得一枝楊柳，歸來插向誰家❼？

小生姓許名宣，表字晉賢。嚴州桐廬人也。標森玉樹，正當入洛之年❽；跡類轉蓬，猶作依劉

---

❶ 上塚：上墳；掃墓。

❷ 生：傳統戲曲腳色名。扮演劇中的男主角。

❸ 意緒二句：意緒闌珊，情緒低落。闌珊，衰落；將盡。英年，一生中最好的時期。市廛，街市。

❹ 生涯二句：飛蓬，蓬草隨風飄飛，比喻人的行蹤飄忽不定。時乖，時運不順。拗，音ㄠˋ。違背。煞，極；很。

❺ 月旦：每月初一，猶月朔。借指歲月、光陰。又據後漢書許邵傳載，許邵與許靖皆有名望，喜好評論鄉里的人物，每月評說一題。後便以月旦指評論人物與作品。

❻ 江山二句：信美，確實很美。信，確實；實在。堪嗟，可歎。

❼ 折得二句：意謂離開家鄉親人，無處可依。故人分別時常折柳枝相贈，寄寓戀戀不捨之意。

之客❾。其奈椿萱早背❿，家業漂零，秦晉未諧⓫，隻身無靠。只有一個姐姐，嫁與錢塘李君甫。我姐夫在縣中當充馬快⓬，雖處公門，頗稱好義。見我一身落魄，百事無成，薦我到鐵線巷王員外生藥鋪中生理。雖非長策，暫且安身。今日值清明佳節，天氣晴和，欲往爹娘墳上祭掃一番，少伸罔極之思⓭，有何不可？（行介）

【桂枝香】柳開青眼，桃舒笑面。歲華佳到三分，人事愁邊一半。灰飛作蝶，灰飛作蝶，吾生可歎！你看今日，多少人家祭掃，與儓簫鼓⓮，何等熱鬧！只我呵，影形單，顯揚

---

❽ 標森二句：標森玉樹，比喻才貌俊美。入洛，據晉書陸機傳載，太康末年，陸機與陸雲一起來到京都洛陽，受到張華等名流的賞識，一時名揚京城。後因以入洛喻指文人學士名揚京城。

❾ 跡類二句：跡，行蹤。轉蓬，同「飛蓬」。如蓬草隨風飛轉。依劉之客，指依附權貴的人。據三國志魏書王粲傳載，王粲雖年十七授黃門侍郎之職，但因時局混亂而未果，便赴荊州投靠劉表，欲施展才能。但劉表因其不拘小節而不錄用。後因以「依劉」喻指投靠權貴。

❿ 其奈句：椿萱，即父母。莊子逍遙遊載：「上古有大椿者，以八千歲為春，八千歲為秋。」因椿有壽考之徵，故稱父親為「椿」，含有祝頌之意。又詩經衛風伯兮：「焉得諼草，言樹之背。」傳：「諼草令人忘憂；背，北堂也。」又云：「『諼』，本作『萱』。」北堂，古為母親所居處，後因稱母親為「北堂」，又因北堂種有萱草，故又稱「萱堂」或「萱」。背，離開，引申指去世。

⓫ 秦晉未諧：婚姻未成。春秋時秦、晉兩國世為姻好，故後以秦晉借稱婚姻。

⓬ 馬快：又稱「捕快」。古時官府中擔任偵查、追捕犯人的差役。

⓭ 少伸句：少，同「稍」。伸，表達。罔極之思，對父母的無窮思念之情。罔極，無窮。

空有志，清宵只汗顏⓯。

說話之間，不覺將次⓰到了。遙望那林子，就在前面，不免趲行⓱一步者。

清明日出萬家烟，（王表） 郊外紛紛拜古堧⓲。（郭鄖）

且向錢塘湖上去，（白居易） 野棠風墜小花鈿⓳。（張仁寶）

⓮ 輿儓簫鼓：古代將人分為十等，輿儓則為最低的兩等，此指僕役。簫鼓，吹簫擊鼓。

⓯ 顯揚二句：意謂空有名揚天下的志向，為此而暗中感到羞愧。汗顏，因羞愧而出汗。

⓰ 將次：將要；快要。

⓱ 趲行：快走。趲，音ㄗㄢˇ。

⓲ 堧：墓道。

⓳ 花鈿：用珠玉金翠製成的首飾。

第五齣　收　青

【仙呂・點絳唇】（丑❶上）吐霧興雲，天生伎倆，誰能量❷？變化無方❸，大澤威名廣。

上應天星秉翼精❹，盤身掉舌勢崢嶸❺。銜珠畫足尋常事，佇❻看飛騰變化成。我乃千年修煉青青是也。向❼居海島，不記歲年。只因風雨大作，偶然來此西湖。此間有水族萬餘，俱歸吾掌。日裡與孩子每❽為伴，夜間在雙茶坊巷裘王府空宅內安身。靜則採取日月之精華，動則魘惑群生之元氣，以圖將來脫此皮毛❾，修成仙道。孩兒每，好生看守洞府，不得胡行，俺向外

❶ 丑：傳統戲曲腳色名。在劇中扮演具有滑稽性格的人物。
❷ 天生二句：伎倆，技巧；手段。常用作貶義。量，估量。
❸ 無方：沒有固定的方式。
❹ 上應句：意謂順應天意，承受了上天之精華。秉，承受。翼，盛。
❺ 崢嶸：非同一般。
❻ 佇：長時間的站立。
❼ 向：以前。
❽ 每：同「們」。

邊走一遭來者⑩。（內應介）呀，出得門來，你看好不熱鬧也！正是：紅紫陣前春正好，妖魔隊裡我為尊。（下）

【南呂・懶畫眉】（旦上）芳塵紫霧繞氛氳，細步凌空暗起雲⑪。萬花如繡翠繽紛，行行遙望錢塘近。貧道乃白雲仙姑是也。為覓有緣之士，來到臨安，只是無處藏身。聞得雙茶坊巷有所空房，乃裘王府的宅院，甚是幽雅。有一青青在彼⑫，不免前去收伏，以便藏身度覓。來此已是，不免逕入⑬。果然好一所房屋也！怎得個人兒共掩門⑭？

（丑上）呔！何方孽怪，擅敢⑮探吾巢穴麼？（旦）我乃白雲仙姑是也。汝⑯是何妖魅，敢來問我？（丑）俺乃千年修煉青青是也。（旦）唗⑰！你不過小小青蛇，輒⑱敢霸住於此。速離此

---

⑨ 動則二句：魘惑，用法術迷惑人。群生，猶眾生，一切生靈。元氣，人之精氣。圖，謀取。

⑩ 者：語氣助詞，含有祈望、命令的語氣。

⑪ 芳塵二句：氛氳，濃霧。細步，小步慢行。凌空，升上高空。

⑫ 彼：那。

⑬ 逕入：直接進去。

⑭ 共掩門：意謂同居於此。

⑮ 擅敢：膽敢擅自。

⑯ 汝：你。

⑰ 唗：音ㄉㄡ。怒斥聲。

間，方⑲保性命！（丑）潑怪⑳休得無禮，俺來擒你也。（戰介。丑跌，旦欲斬介。丑）小畜有眼不識大仙，望乞饒恕！（旦）既如此，姑㉑饒汝命。（丑起介）請問大仙何來？（旦）貧道從峨眉山到此，欲度有緣之士，只是少一隨伴，你可變一侍兒，相隨前往，不知你意下如何？（丑）願隨侍左右。（旦）既如此，你且變來我看。（丑）待俺更變便了。（下。貼㉒上）欲覓有緣士，悄變有誰知。大仙，可變得好麼？（旦）好，今後主婢相稱，喚名青兒便了。你在此多年，必知何處遊人最盛？（貼）此處湖上遊人頗㉓多。（旦）如此，可隨我到西湖去來。（貼）曉得。

（旦更衣介）

【香柳娘】（合）聽簷前鳥啼，聽簷前鳥啼，悄把翠裙撻起。一路上花香清細風兒遞㉔，看春雲漸低，看春雲漸低。楊柳綠初齊，韶光麗如此，動遊人偷覷㉕，動遊人偷覷。

---

⑱ 輒：就。

⑲ 方：才。

⑳ 潑怪：可惡的妖怪。潑，詈語。可惡；壞。

㉑ 姑：暫且。

㉒ 貼：傳統戲曲腳色名。扮演旦以外的年輕女子。

㉓ 頗：很。

㉔ 遞：傳送。

㉕ 韶光二句：韶光，美好的春光。動，引動。

（旦）有緣何處？那人來未㉖？

（旦）玉面紅粧㉗本姓秦，（宋之問）三陽㉘麗景早芳晨。（玄宗皇帝）

（貼）得成蝴蝶尋花樹，（元稹）梔子同心好贈人。（韓翃）

㉖ 有緣二句：有緣，此指有緣之人。來未，來了沒有。

㉗ 玉面紅粧：借指美女。

㉘ 三陽：指春天。

第六齣　舟遇

【中呂過曲・泣顏回】（丑搖船隨生上。生）綠柳遶迴廊，無限景光駘蕩❶。惜花心性，似遊絲空際悠揚❷。我許宣。今日清明佳節，往爹娘墳上祭掃而歸。你看湖光似鏡，車馬如雲，好不可愛！為此喚小艇，慢慢地一路遊玩回去。（丑搖船，唱【杭州歌】，諢❸介。生）看雕鞍駿馬，會王孫貴戚多歡暢。倒金樽沉醉花前，聽笙歌十里畫塘❹。（下）

（貼隨旦上。貼）娘娘看腳下。

【前腔換頭】（旦）輕移蓮步芳心癢，急追隨飛度錦塘❺。青兒，我看那些遊人，盡是凡夫俗子，只有方纔祭掃墳墓的那生，風流俊雅，道骨非凡❻，若得相遂❼奇緣，不枉奴家來此。（貼）娘

❶ 駘蕩：舒緩；蕩漾。形容景色舒暢美好。
❷ 空際悠揚：在空間飄忽蕩漾。
❸ 諢：詼諧有趣的話。
❹ 倒金樽二句：金樽，華美的酒器。樽，古代盛酒器。笙歌，泛指奏樂歌唱。畫塘，對池塘的美稱。
❺ 度錦塘：度，渡，渡過。錦塘，同「畫塘」。
❻ 道骨非凡：意謂具有仙家氣質，不同凡人。

娘，看他獨坐在舟，我每如何得近他呢？（旦）不妨，待我頓攝驟雨❽，那生必定停舟。那時和你上前，只說附舟，你須要隨機應變。（貼）曉得。（旦作起風雨介）（合）千紅萬紫濕，清芬一時爭放。（生、丑上。丑）好大雨阿！（生）陰晴無定，一霎時瀟瀟颯颯傾盆盎❾。（丑）官人❿，這裡歇船哉。（生）使得。（丑）讓我帶好子⓫纜。（貼）船家，你每往那裡去的？（丑）到草橋門去。（貼）船家，草橋門是順路，可搭了我每去。（丑）使勿得，我艙裡有位官人，勿便介⓬。（貼）你看這等大雨，又無處躲避，煩你對船內官人說，望行方便則個⓭。（丑）是哉⓮，讓我問看。官人，岸上有兩位標致堂客⓯，也要到草橋門去的，順便搭子去罷。（生）何妨。天上人間，方便第一。快請他每下來。（丑）是哉。兩位娘娘，官人肯哉。等我打子扶手下船來。（貼）娘娘，待青兒

---

❼ 相遂：得以實現。

❽ 頓攝驟雨：立刻引來暴雨。攝，引來。

❾ 一霎時句：瀟瀟颯颯，形容風大雨急。傾盆盎，形容雨大，猶傾盆大雨。

❿ 官人：古時對男子的尊稱。

⓫ 子：蘇州方言。語助詞，相當於「著」。

⓬ 介：語氣助詞。

⓭ 則個：語氣助詞。用在句末，含有祈望、祈使的語氣。

⓮ 哉：語氣助詞。用在句末，含有感歎、疑問、反詰等語氣。

⓯ 標致堂客：漂亮女子。堂客，舊時泛指女子。

先上船去。為東君⑯了卻宿緣。（旦上船沖介，生扶，旦作羞，背唱介）你漫盼行雲打疊停當⑰。

（貼）娘娘，我每就在此間站一站罷。（生）二位小娘子，外邊風雨甚大，請到艙中來。（貼）這是官人叫的寶舟，怎好有僭⑱？（生）說那裡話？還是請到裡面坐。（貼）娘娘，既蒙官人美情，我每暫且進艙去。（旦）青兒，與我多多致謝官人。（貼）曉得。官人，我家娘娘多多致謝！（生）些須⑲小事，何謝之有？請坐了。（旦）中途遇雨，幸附寶舟，得免狼狽，實荷⑳高情。（生）豈敢！（旦）請問官人上姓？（生）小生姓許，名宣，表字晉賢。（旦）尊居何處？（生）在鐵線巷中。（貼）請問宅上娘娘，今年多少年紀了？（生）小生只為家貧，尚未婚娶。（貼）聘是聘下的了？（生）唔，也還未。（貼）娘娘，官人這等青年，還是形單影隻㉑，可怪那月下老人㉒，太不

---

⑯ 東君：神話傳說稱太陽或春神。

⑰ 漫盼句：行雲，自由自在，順其自然。打疊，打點；安排。

⑱ 有僭：謙語。超過本分。

⑲ 些須：細小；一點。

⑳ 荷：承受。

㉑ 形單影隻：孤身一人。

㉒ 月下老人：唐李復言續幽怪錄載：唐韋固少孤，出行路遇一老人，背靠布囊，在月下檢書。韋固問其看何書，老人稱此書為主天下婚姻的書；又問其囊中所盛，稱有一紅繩，只要將此繩繫在男女雙方的腳上，即使是仇家，或相距遙遠，也可結成婚姻。後因以月下老人為主管婚姻之神，以月老代稱媒人。

均匀了些。（生）姐姐，請問你家娘娘上姓？（貼）我家娘娘麼，是原任杭州白太守的小姐。先老爺在日，將我家娘娘招贅於此。（生）尊居何處？（貼）在薦橋雙茶坊巷裘王府隔壁。（生）原來是位千金小姐，失敬了！（旦）不敢！（生）小姐想是踏青㉓而回？（貼）不是，只為祭掃我家姑爺墳墓。（生）咳，原來你家姑爺去世了。（旦）官人聽稟。（生）願聞。

【黃鐘・降黃龍】（旦）憶昔才郎，誰料分鴛，拆散鸞凰㉔，時時念想。（悲介）無限悽惶，淚雨千行。（生）請免愁煩。（旦）倉皇㉕，春霖㉖忽降，幸君家寶舟附往，頓教奴如承寵貺㉗。縱無端邂逅㉘，怎敢相忘？

（丑）雨止哉，待我解子纜。呀，好滑！開船哉！

【前腔】（生）聽伊行㉙教人淚汪。輕俏聲兒㉚，細訴衷腸，使我心兒悒怏㉛。想他鸞雁

㉓ 踏青：春天到郊外遊玩賞景。
㉔ 鸞凰：比喻夫妻。
㉕ 倉皇：匆忙；慌張。
㉖ 春霖：春雨。
㉗ 寵貺：敬語。恩賜；賜予。
㉘ 邂逅：不期而遇。
㉙ 伊行：她那裡。行，用在人稱代詞後，表示那裡、那邊。
㉚ 輕俏聲兒：細膩悠揚的聲音。

孤飛，較我更淒涼。癡想，我願把……（貼）官人有何說話？（生微笑介。貼）啐！（生背唱）願把誓盟深講，怎能彀雙雙同效鸞凰？細思之，恐伊家不允，空使我徊徨㉜。

（丑）到哉，上岸罷。（旦）青兒，清早出門，忘帶零錢，你可問許官人借應，到家奉還。（生）何妨！船家，二位小娘子的舟金，都在此，請收了。（丑）多謝官人！（生）請上岸罷。（貼）娘娘，你看雨又不止，到家尚遠，怎麼處？（旦）便是。（生）不妨，小生有把舊傘，寄在前面朋友人家，一位在此少待，我去取來，與二位打了回去罷。（旦、貼）如此甚好，只是不當。（生）好說！船家，我去就來，煩你暫等片時。（丑應介。生下。貼）娘娘，你看那許官人好不十分有情，他方纔呵！

【黃龍滾】私懷暗忖量㉝，你兩下春心蕩。天賜相逢，難捨多情況。真箇是德容工貌，恰遇著恭儉溫良㉞。若得一朝呵，兩相當，配成雙，便是我青兒也覺心歡暢。

（生持傘上。貼）許官人來了。（生）正是。傘兒在此，請二位上岸罷。（丑）要打子扶手。（生）

㉛ 悒怏：鬱悶不樂。

㉜ 徊徨：彷徨；猶疑不定。

㉝ 忖量：推測；估算。

㉞ 真箇二句：德容工貌，即婦德、婦言、婦容、婦功，封建禮教要求婦女的四種傳統道德。恭儉溫良，封建社會儒家宣導的美德：恭敬，節制，溫和，良善。

不消，有我在此。（丑）看仔細。（上岸介。丑先下。旦）只是種種承情，如何是好？（生）豈敢！（旦）這傘待奴明日著青兒送還罷。（生）不消費心，小生明日還要到府奉拜，何勞青姐貴步？（旦）只是那有反勞之理？（生）好說。（貼）既如此，明早我在門首等候許官人便了。（生）天色已晚，恕不遠送，請行罷。

【尾聲】（生）天仙何意從天降。（旦、貼）空拾得百般愁況。（下。生）看仔細，慢慢兒行。哈哈哈，妙阿！不期今日無意中遇此佳人，敘出許多衷曲[35]，又約我明早到彼相會。阿呀，只是今夜叫我怎生睡得著也！怎捱得玉漏[36]深沉午夜長！

況遇天仙隔錦屏，（裴航）　一溪風月共清明。（許堅）
鴛鴦自解分明語，（南溟夫人）　何必崎嶇上玉京[37]。（樊夫人）

[35] 衷曲：內心的情感。
[36] 玉漏：即漏壺，古代的計時器。
[37] 玉京：道教稱天帝所居處。

第七齣　訂盟

（貼上）裝成金屋一青衣，窈窕長同侍玉妃❶。只為欲成人好事，不辭團扇立朝暉❷。我青兒與娘娘，昨日在舟中得遇許官人，果然風流俊雅，我娘娘十分憐愛。臨別之時，他說今日一定相訪，只恐到來，無處尋問，為此娘娘著我門前等候。正是：易求無價寶，難得有心郎。（虛下）

【仙呂・玉交枝】（生上）**少年佳人，可喜得龐兒占盡春❸。他眉灣新月秋波韻，臉霞紅鬢挽烏雲❹，一似廣寒❺仙子降凡塵，款金蓮香街步穩❻。這相思何日勾清❼？害得我**

---

❶ 裝成二句：金屋，據漢班固漢武故事載，漢武帝小時，喜歡表妹阿嬌，謂若娶她為妻，要用黃金做屋給她居住。後因以金屋藏嬌喻指娶妻。青衣，婢女，舊時婢女常著青衣，故稱。玉妃，尊稱神女，此指白娘子。

❷ 不辭句：手拿團扇，站在清晨的陽光下。

❸ 龐兒占盡春：形容容貌俊美，有如春光明媚。

❹ 他眉灣二句：意謂眉似彎月，眼睛如清澈的秋水；臉似紅霞，鬢髮濃黑如烏雲。

❺ 廣寒：神話傳說中的月宮。據龍城錄載，唐明皇夢中遊月，見一宮府寫有「廣寒清虛之府」。後因稱月宮為廣寒宮。

❻ 款金蓮句：款，緩慢而行。金蓮，據南史齊東昏侯紀載，齊東昏侯鑿金為蓮花以貼地，令潘妃在上面行走，

神魂不定。

我一路問來，此間已是雙茶坊巷了，不知那一家是？（貼上）怎麼這時候還不見來？（作望見生介）呀，許官人來了！（生）正是，來了。（貼）真信人❽也。我娘娘已等候多時，裡面請坐。（生）青姐請。（貼）許官人請。昨日多承會鈔❾，又蒙借傘而歸，感謝不盡。（生）些須小事，何足言謝？（貼）許官人，我有一樁喜事要對你說。（生）有何喜事？（貼）我娘娘昨晚歸家，在我面前道及官人，十分愛慕。（生）嗄！（貼）況我娘娘獨居無倚，欲把……（住介。生）為何不說了？（貼）欲把終身相託，不知官人意下如何？（生）青姐，多謝你娘娘美意，但小生父母亡後，一身落魄，囊底蕭然❿，雖承你娘娘雅愛，實難從命。（貼）許官人，若說窘迫，我娘娘囊中自有，何必憂慮？只是少頃娘娘面前，不要說我是這樣說的。（生）這箇自然。（旦內喚介）青兒！（貼）娘娘，許官人在此。（旦）如此，何不早說？（旦上）百年眷屬三生⓫定，千里姻緣一線牽。許官人萬福⓬！（生）小姐拜揖！（旦）重蒙枉過⓭，有失奉迎。（生）敢勞

說：「此步步生蓮花也。」後因以蓮花美稱女子的小腳。

❼ 勾清：勾銷；清除。

❽ 信人：誠實守信的人。

❾ 會鈔：付帳。

❿ 囊底蕭然：猶囊中羞澀，形容貧寒至極。囊，口袋。蕭然，寂寞。此指空虛。

⓫ 三生：佛教語。指前生、今生、來生。又稱「三世」。

小姐玉趾⑭！（旦）請坐。（生）有坐。（旦）夜來遇雨，多蒙照拂。（生）些須小事，何足掛齒？（旦）請問官人，尊庚⑮多少？（生）虛度二十。（貼）阿呀，如此我家娘娘倒長一歲。（旦）請問官人，作何生理⑯？宅上還有何人？（生）不瞞小姐說，先君在日，曾為藥材生理，不幸椿萱見背，只得依傍姐夫身畔，今權在鐵線巷生藥鋪中勾當⑰。（旦）咳，可憐！（貼）娘娘，你昨晚說，有甚麼言語，要對許官人講，於今許官人在此，沒說呢？說。（旦）奴家有一言奉告。（生）不知小姐有何見諭？（旦）只是不好啟齒。（貼）娘娘，你的心事，就對許官人說也不妨。（生）是阿，就說何妨？（旦）咳！（貼）說噓⑱！

【忒忒令】（旦）我吐衷腸，恐君家不從。（生）小生自當從命。（旦）愛雅量，周旋出眾⑲。念奴歌寡鵠⑳，不由人悲慟。（生）請免愁煩。（旦）因妄想，託絲紅㉑；若不棄，相憐

---

⑫ 萬福：古代婦女相見行禮時，多口稱「萬福」。
⑬ 重蒙枉過：意謂承蒙厚愛，屈駕來訪。
⑭ 玉趾：美稱人的行止。
⑮ 庚：年齡。
⑯ 生理：生計。
⑰ 今權在句：權，暫且。勾當，做事；當差。
⑱ 噓：吳地方言，含有祈使的語氣。
⑲ 愛雅量二句：雅量，高雅的氣質度量。周旋，應酬；交際。

藉㉒，願把同心結送。

（生）豈敢！（貼）許官人，你有何說話，也對我娘娘說。（生）小姐嗄！

【沉醉東風】你氣吹蘭可人意中㉓，色如玉天生嬌寵。深愧我一凡庸，怎消受㉔金屋芙蓉？（貼）許官人，你既未娶，我家娘娘又是隻身，況且二人年貌相當，到不如成就百年姻眷，卻不是好！（生）青姐，但小生呵！慽吾生才粗闒茸㉕。（貼）這是我娘娘情愿相攀，你何必躊躇㉖？（生）仔細尋思，銘感在衷，只家徒四壁㉗，實難承奉。

（貼）娘娘，許官人說，只為家寒，所以不肯應承。（旦）這個何妨，囊琴壁立，長卿蓋世風流㉘；

---

⑳ 念奴句：奴，舊時婦女謙稱自己，也作「奴家」。寡鵠，本指失偶的天鵝。這裡指琴曲名，西京雜記卷五載：「齊人劉道強善彈琴，能作單鵠寡鳧之弄，聽者皆悲。」舊常以寡鵠借稱寡婦。

㉑ 絲紅：猶紅繩。指婚姻。

㉒ 憐藉：憐惜；撫慰。

㉓ 你氣吹句：意謂吹出的氣香如蘭花，稱人心意。據洞冥記載，漢武帝寵倖宮人麗娟，年十四，膚白如玉，吹氣如蘭。

㉔ 消受：承受；享受。

㉕ 闒茸：喻指地位低賤。闒，音ㄊㄚˋ。小戶。茸，小草。

㉖ 躊躇：猶豫不決。

㉗ 家徒四壁：家裡空虛，只有四堵牆。極言貧窮。

㉘ 囊琴二句：意謂司馬相如雖然貧寒，但其文才舉世聞名。長卿，即漢代司馬相如，字長卿。據漢書司馬相如

椎髻釵荊，德耀人稱雅操㉙。何必以貧介意㉚。（生）既蒙小姐不棄，小生只得靦顏㉛從命了。（旦）青兒，官人想未用飯，快備早饍伺候。（貼）昨知官人要來，早已完備了。（旦）如此，看酒來。官人請坐。（生）請。（貼）官人！（生）怎麼？（貼）娘娘！（旦）嗄？（貼福介）恭喜！賀喜！（旦作色，生笑介。旦）青兒，你在我箱籠內，取兩錠銀子出來。（貼）曉得。（下。旦）官人回去，即央媒說合，早成美事。（生）小生到家，即央我姐姐、姐夫來說合便了。

【園林好】（旦）早成全和鳴肅雝，休要做孤鸞隻鳳㉜。喜今日關雎洛誦，（生）和樂處兩融融㉝，和樂處兩融融。（偎介）

【川撥棹】（貼持銀上）多情種，官人！（生）哈哈！（貼）你悞入天台有路通㉞。娘娘，銀

傳載，卓王孫女卓文君喪夫新寡，相如彈琴曲鳳求凰引動文君，兩人私奔而去。

㉙ 椎髻二句：意謂孟光雖然服飾簡樸，但其高尚的節操為人稱讚。椎髻，椎形的髮髻。釵荊，荊枝做的髮釵。德耀，即東漢梁鴻妻孟光，字德耀。

㉚ 介意：在意；留心。

㉛ 靦顏：謙詞。猶厚顏。

㉜ 早成二句：意謂早早結成夫妻，不要再做孤男寡女。肅雝，形容聲音和諧。詩經周頌有瞽：「喤喤厥聲，肅雝和鳴。」此形容夫妻和美。

㉝ 喜今日二句：意謂夫妻相愛，永遠快樂。關雎，詩經周南的首篇，描寫男女愛情。洛誦，反復吟誦。洛，同「絡」。連續；反復。

子在此。（旦）官人，奴有白銀兩錠，聊以相贈。倘若欠缺，奴家還有。（生）既蒙娘子雅愛，使小生不勝感激。（旦）官人說那裡話！只因你意釅㉟情濃，只因你意釅情濃，致挑奴琴心㊱肯從。自今呵，**喜絲蘿㊲得附喬松，願絲蘿永附喬松。**

（生）小生就此告別。（貼）我每送了官人出去。

【尾聲】（合）**梅花玉笛聲三弄，怕驚醒羅浮香夢㊳。**（生）小姐嗄！**早栽得你的情苗在我意中。**

小姐請進去罷。（旦）官人慢行。（生）請。難得他一片好心。（下。旦目送介。貼）去遠了。（旦）啐！（貼）還要看甚麼？（旦）進去罷。（貼）娘娘！（旦）怎麼？（貼）官人回去，一定央媒說合。（旦）便是。（貼）你兩人，你兩人，若成了親事，哎喲喲！（旦）啐！胡說！（下。貼笑下）

㉞ 悮入天台句：天台，山名，在今浙江。南朝宋劉義慶幽明錄載：漢劉晨、阮肇入天台山採藥，遇二仙女，相邀至家。半年後返鄉，人間已過七世。

㉟ 釅：濃厚。

㊱ 挑奴琴心：漢司馬相如彈琴引動卓文君，後因以琴挑喻指挑動對方的愛慕之情。

㊲ 絲蘿：菟絲和女蘿，兩種蔓生植物。

㊳ 梅花二句：梅花三弄，琴曲名。寫梅花傲霜凌雪，全曲三次出現主旋律，故名。羅浮香夢，據唐柳宗元龍城錄趙師雄醉憩梅花樹下載，隋朝開皇年間，趙師雄在羅浮酒醉而臥，夢中見一女子，淡妝素服，香氣襲人。夢醒後，見自己睡於大梅花樹下，始知夢中所見的女子是梅花仙子。後因以「羅浮夢」喻指梅花。

第八齣　避　吳

【羽調引子・小蓬萊】（老旦❶上）裙布蓬門相守，感韶光荏苒如流❷。連枝更念，荊花獨植❸，使我心憂。

妾身許氏，幼適❹李門。我丈夫李君甫，在錢塘縣中當充馬快。夫妻兩人，將就過活，到也罷了。我有一兄弟，名喚許宣，丈夫薦他在藥鋪中生理。但他年已長成，我意欲門當戶對，與他覓頭親事，倘日後生得一男半女，也不絕許門後嗣。且待丈夫回來，與他商議便了。正是：婚姻天久定，親戚自相關。（虛下）

【四時花】（生上）已是心盟訂，何時賦好逑❺？因此上特把冰人來叩❻。（見老旦介）姐

---

❶ 老旦：傳統戲曲腳色名。扮演老年婦女。

❷ 裙布二句：裙布蓬門，指用粗布做裙，樹枝做門，形容家庭貧寒。荏苒，漸漸過去。

❸ 連枝二句：連枝，相連而長的樹枝，比喻同胞兄弟。荊花獨植，喻指兄弟一人。舊常以三荊、荊樹三枝比喻同胞兄弟。

❹ 適：出嫁。

❺ 何時句：意謂何時能為夫妻。賦，吟誦。好逑，美好的配偶。詩經周南關雎：「窈窕淑女，君子好逑。」

姐拜揖！（老旦）兄弟回來了。我正在此想你哩！今日敢是得暇，來看你姐夫麼？（生）正是。一來看望姐夫、姐姐，二來有事相商。（老旦）有何事？（生）姐姐，聽你兄弟慢慢說來。前日呵，步東風上塚歸來，喚小艇一篙碧皺。河洲，忽逢著雨瀟瀟，有佳人附舟。（老旦）嗄！那女子姓甚麼？是何等樣人家？（生）是前任白太守的小姐，香山後❼，現文君新寡風流。他攜著一侍兒，也因上塚歸來。（老旦）他說甚麼來？（生）他暗憐我，夢蝴蝶臥秋齋❽，西風獨愁。臨別之時，借傘與他，再三囑我次日到他家去相會。（老旦）你可曾去？（生）怎麼不去？兩下裡逗琴心，筵前獻酬，好煞了情意雙投，贈朱提❾良緣天湊。（出銀介）這不是那小姐贈我的？叫我央人撮合。但恨無媒，為此來將姐姐姐夫求。

---

❻ 因此句：冰人，晉書索紞傳載：令狐策夢見自己站在冰上，與冰下人說話。索紞對他說：冰上為陽，冰下為陰，此為陰陽事也；又詩經邶風匏有苦葉云：「士如歸妻，迨冰未泮。」此為婚姻事也；君在冰上與冰下人語，此為媒介事也。君當為人作媒，冰泮而婚姻成。後因稱媒人為冰人。叩，詢問。

❼ 香山後：白居易的後人。唐代詩人白居易晚年號香山居士，曾任杭州太守。

❽ 夢蝴蝶臥秋齋：形容惆悵迷茫的心情。唐李商隱偶成轉韻七十二句贈四同舍詩：「憐我秋齋蝴蝶夢。」蝴蝶夢，莊子齊物論云：莊子夢中化為蝴蝶，忘了自己是莊周；醒來後發覺自己仍是莊周，不知是自己夢中變為蝴蝶，還是蝴蝶變成了自己。

❾ 朱提：音ㄕㄨˊ ㄕˊ。古縣名，在今雲南昭通縣境內。有朱提山，產銀，量多，成色好，後人因以「朱提」借稱銀兩。

（老旦）妙阿！兄弟，你無意中遇此奇緣，豈可錯過！你且進去少坐，我安排些酒飯與你喫，待你姐夫回來，與他商量便了。（生）全仗姐姐、姐夫。（老旦）這個自然。（生虛下）

【排歌】（副淨李仁上）咳！這是那裡說起！大盜無蹤，翻遭痛比⑩，飛災著甚來由？（悶坐不語介）（老旦）呀，官人來了，為何今日這般愁悶？端的⑪為甚事來？（副淨）娘子，不要說起，只為庫中封鎖不動，失去元寶四十錠。本官著急，立限我緝獲贓賊。我同眾夥計緝訪多時，毫無踪影，方纔責比回家。這等沒頭腦的事情，如何結案？（老旦）阿呀，原來如此，這怎處⑫？（沉吟介）急也沒法，且陪我兄弟喫杯酒暖痛，再處。（生上）姐夫拜揖！（副淨）原來舅子在此。（老旦）我兄弟有一事，與你相商。（副淨）何事？（老旦）他前日去爹娘墳上祭掃回來，遇著前任白太守的小姐，帶了侍女青兒，因雨搭船，偶然閒話，得知兄弟尚未婚娶，那小姐亦係寡居，因欲把終身相託。昨日約他到彼，以禮相待，叫他央媒說合。我兄弟因此，今日特來託你。那小姐又贈他花銀百兩，以為聘資⑬。（出銀介）你看好麼？真個難得！（副淨見銀驚介）呀，娘子，不好了！你兄弟性命休矣！（老旦）阿呀，卻是為何？（副淨）現今縣主出榜緝獲贓賊，捉獲者賞銀五

---

⑩ 比：舊時官府規定差役追捕人犯的期限，逾期要受到杖責。
⑪ 端的：究竟。
⑫ 處：處理；處置。
⑬ 聘資：男方給女方的定親禮。

十兩，知情不首者，全家發邊遠充軍。你看這元寶上，現有字號鈐記⑭，正是那贓銀，如何是好？（生慌跪介）我那裡曉得有許多緣故？於今沒法，只求姐夫救我一救。（老旦）官人，可念骨肉之親，商量個善策。（副淨）贓銀現在實堪愁，欲護姻親沒半籌⑮。吾不首⑯，命難留，兩全何處覓奇謀？（合）飛禍遘⑰，相輻輳⑱，恨殺傾城⑲厚贈美成仇！（老旦）雖然如此，還求官人搭救！（副淨想介）那白氏現居何處？（生）就在薦橋雙茶坊巷裘王府隔壁。（副淨）嗄！這就有處了。（生）願聞。（副淨）自古道：三十六計，走為上計。你今速速暫避他方，我持此銀出首，如有甚事，我自支吾⑳。（生）這個使不得！（副淨、老旦）卻是為何？（生）此是我惹出來的事，豈可反貽累㉑於姐夫？（副淨）不妨。官府只要贓賊，我於今總推在白氏身上，拿得他主婢二人，你便無事了。（生背介）咳，那小姐待我情分不薄，只是

⑭ 鈐記：蓋印。
⑮ 沒半籌：毫無辦法。籌，籌畫；想法。
⑯ 首：即出首，主動向官府交代罪行。
⑰ 遘：遭遇。
⑱ 輻輳：車輪上車輻彙集於車軸上，比喻人或物的聚集。
⑲ 傾城：形容女子的美貌。此指白娘子。
⑳ 支吾：用話搪塞抵對。
㉑ 貽累：連累。

於今也顧他不得了。（向副淨介）這等避往何處好？（副淨）我蘇州有一相好王敬溪，現在吉利橋開張飯店，我即刻修書與你，可悄悄到他那裡暫避幾時。（生）如此甚好。（副淨寫書介）

【浪淘沙】敬老仁翁㉒：浮文㉓不敘，有舅途窮。偶緣官事，尋思暫避須良友，帡與護㉔，虔懇憑心叩。臨穎神馳㉕。李仁頓首㉖。

書已寫就，你可收好，為我多多致意。（老旦）一路須要小心。（生）兄弟就此拜辭。

【尾聲】（副淨、老旦）無端官事相孱僽㉗，（生）急難方識姻情厚。（合）且暫效羅鳥高飛鯉脫鉤。（生下）

（老旦）斷行哀響遞相催，（崔塗）愁鎖鄉心掣㉘不開。（白居易）
（副淨）相別欲將何計免？（姚鵠）相思那得夢魂來。（孟浩然）

㉒ 敬老仁翁：敬，指稱王敬溪。老、仁翁，敬稱友人，舊時常用於書信的開頭。
㉓ 浮文：虛話。
㉔ 帡與護：庇護；照顧。帡，音ㄆㄧㄥˊ。帳幕。引申為覆蓋、庇護。
㉕ 臨穎神馳：意謂臨筆寫信時，就想到了對方。臨穎，猶臨筆。
㉖ 頓首：磕頭。舊時用於書信末尾的客套語。
㉗ 孱僽：音ㄔㄢˊ ㄓㄡˋ。煩惱。
㉘ 掣：牽引；拽拉。

第九齣 設邸❶

（末上）飯抄雲子白，酒壓鬱金香❷。主人能醉客，何處是他鄉。老漢姓王，號敬溪，本籍蘇州。在這吉利橋，開個小小飯鋪，安歇四方客商。年來生意，頗有興頭❸。前日杭州李君甫的小舅，姓許名宣，因官事暫避於此，修書著我照看一二。我想君甫與我至交，難以推卻，留他在店樓住下。我已修書回覆，使彼放心，這也不在話下。怎麼這時候還不收拾開店？小二貪睡了，待我喚他出來。小二那裡？（丑）來哉！勿為冷飯頭，倒做熱酒保。好似滾盤珠，亦像跋弗倒❹。阿爹，叫我做儕❺？（末）我這客店左近，並無勝似我家的。（丑）那，原勿差儕❻。

❶ 設邸：安置旅店。

❷ 飯抄二句：飯抄雲子白，見唐杜甫與鄠縣源大少府宴渼陂詩。抄，用瓢或勺取物。雲子，碎雲母，比喻飯白。鬱金香，香料名，出自大秦，即古羅馬。

❸ 興頭：興致；起勁。

❹ 跋弗倒：踢不倒。

❺ 儕：蘇州方言。同「啥」。甚麼。

❻ 原勿差儕：原來就不差甚麼。

（末）只為你每懶惰……（丑）那個懶惰？（末）以致少了許多主顧。（丑）儕個？（末）你看此時日高三丈，（丑）也還不晏❼。（末）莫說那些碗盞七零八落，（丑）尋尋就是哉！（末）桌凳東倒西歪，（丑）拏子起來就是哉。（末）連酒標❽也不撐起來，（末）撐子起來就是哉。（末）地下也不打掃打掃，（丑）掃掃就是哉。（末）只管貪睡，（丑）骨碌子起來就是哉。（末）你別處去罷。（丑）咳，我絕早就起來，何嘗貪睡？阿爹，你介❾兩日，只管尋生討事❿，你也要放出些良心呀！（末）呀！你說甚麼？（丑）我自從進子你介店裡，勿知替你打發子多少滯貨⓫，讚⓬子多少銅錢銀子，那間腰包硬哉，做起阿爹面孔，動弗動就拏我來埋怨哉！（末）我這店中，件件整齊。（丑）要整齊阿。（末）色色精潔，（丑）要精潔阿。（末）怎麼說是滯貨？（丑）差也勿多，介是那裡說起？清早拏我一派瞎埋怨。

【南呂引子・大迓鼓】（末）**我家這店姑蘇擅場，門迎駟馬，座滿貂璫⓭。這些酒飯定價**

❼ 晏：遲；晚。

❽ 酒標：舊時酒店的標幟。

❾ 介：蘇州方言。這。

❿ 尋生討事：蘇州方言。故意找碴兒，尋是非。

⓫ 滯貨：指沒有人要、賣不出去的貨。

⓬ 讚：通「攢」。音ㄗㄢˇ。積聚。

⓭ 我家三句：擅場，在同行中最突出。駟馬，用四匹馬拉的車，古時顯貴所乘之車。貂璫，漢朝宦官帽子上用

無虛誑，紅如琥珀⑭滿杯光，白似真珠五里香。

【前腔】（丑）誰憐我走堂⑮，添茶送酒，揀菜傳湯，朝夜奔來兩腿脹。奉承入骨口難張，白水紅糖當酒漿。

（末）不要說了，快些開店！免得悞了主顧。（丑）是哉。（末）十千一斗酒如油。（丑）還是酒來還是油？（末）怎麼說？（丑）你說十千一斗酒如油，到底是酒呢還是油？我倒有點勿明白，倘有主客來買，招接差子⑯，又要怪我哉。（末）蠢才，酒如油者，不過言其滋味厚也，怎生分作兩樣？我倒好笑。（丑）原來是一樣個。我若勿問明白一聲，幾乎差到底哉。（末）須信古人言味厚，（丑）自然沽酒與伊油。（末）咳，還不明白，怎麼了？（丑）我直頭⑰明白哉。（下）

貂尾和黃金璫作裝飾，後以貂璫借稱宦官，此亦借指顯貴。

⑭ 琥珀：松柏樹脂的化石，此以琥珀的顏色比喻酒的顏色。

⑮ 走堂：跑堂。

⑯ 招接差子：接待客人出了差錯。

⑰ 直頭：蘇州方言。實在；確實。

第十齣　獲贓

【南呂引子・虞美人】（末、雜引外上。外）最恔地擅湖山美❶，肯負心如水？簿書何處不文章，訟少落花香，送到琴堂❷。

政簡牛刀暇❸，官清馬骨❹高。鳴絃師單父❺，閒坐聽江潮。下官李本誠，字一菴，真定行唐縣人也。兩榜出身❻，叨蒙聖恩，除授錢塘令。到任三載，喜得訟餘多暇，民吏相安。不意前

❶最恔句：意謂最高興的是能獨自享受湖山的美景。恔，音ㄒㄧㄠ。高興。擅，佔有。

❷簿書三句：簿書，文書簿冊，此指公文。文章，此指典章制度。訟，訴訟；打官司。琴堂，呂氏春秋察賢載：「宓子賤治單父縣，彈鳴琴，身不下堂而單父治。」後因以琴堂借稱府、縣衙門。

❸政簡句：意謂用禮樂教化百姓，政治清簡，為官清閒。牛刀，論語陽貨：「子之武城，聞絃歌之聲，夫子莞爾而笑，曰：『割雞焉用牛刀？』」

❹馬骨：據戰國策燕策一載，戰國時郭隗說古時有君主懸賞千金買千里馬，三年後得到一匹死的千里馬，花五百金買下馬骨，以後不到一年，便得到了三匹千里馬。後因以馬骨比喻賢才。

❺鳴絃句：意謂效法宓子賤以禮樂治理單父。師，仿效。

❻兩榜出身：即進士出身。兩榜，甲榜和乙榜，古代科舉時，稱中舉人榜為乙榜，考中進士榜為甲榜，進士名

夜庫中封鎖不動，失去帑銀❼四十錠，深為可異！為此一面懸掛榜文，一面比捕緝獲。恰纔退食私衙❽，又值午堂❾時分，不免出堂理事一番。分付開門。（眾應介。副淨上）正值坐堂，不免報門。捕快李仁告進。捕快李仁叩頭！（出銀介）稟老爺，贓賊有了。（外）這是何人竊取？細細說來。（副淨）爺爺聽稟。

【南呂過曲・梁州新郎】【梁州序】清明時節，偶偕舅子，名喚許宣，在小的丈人墳上祭掃。歸艇俄❿看雨至，忽逢窕窈⓫，泥濘願附舟迴。（外）後來如何呢？（副淨）水窗⓬閒話，弱質無依。他問知許宣年少未娶，托終身願把紅絲繫，詰朝⓭約會在深閨，盟結綢繆⓮誓不移。【賀新郎】只因許宣辭以家貧，他緣厚贈，襄嘉禮⓯。央小的呵，做媒人列兩榜。

❼ 帑銀：官銀。
❽ 退食私衙：回到內府吃飯。
❾ 午堂：中午升堂理事。
❿ 俄：一會兒。
⓫ 窕窈：此指美貌女子。
⓬ 水窗：船艙。
⓭ 詰朝：第二天早晨。
⓮ 綢繆：情意深厚。

為結成連理⑯，因悄悄稟知此。

（外）那女子姓甚？是那裡人氏？（副淨）是前任白太爺的小姐，招贅寡居於此，就在裘王府隔壁。又有一侍女，名喚青兒。（外）這又奇了，那白太守是我年伯⑰，他家之事，我盡知之，未聞他有女贅居於此。（沉吟介）莫非其中有假麼？

【柰子花】聽伊言使我心疑，綠林豪舉⑱，宦女⑲怎能為？樂天久聞金鑾逝⑳，這疑團實難詳悉。（副淨）只求老爺將白氏、青兒拿來一問，便知端的。（外）差你拘訊彼，莫教驚避。

（副淨）是。（外）你可喚許宣來作眼㉑，立刻同去將白氏、青兒拘來，不得遲悞！（副淨）稟老爺，小的已知白氏居址，此事不可稍遲，若待喚到許宣，恐有洩漏非便。不若小的悄悄即刻就去，甕中捉鱉㉒，手到拿來。（外）汝言甚是有理，便可速去。掩門。（外下。副淨）夥計，我

⑮ 襄嘉禮：幫助成就定親之禮。襄，說明；協助。

⑯ 連理：枝條相連的兩棵樹，比喻夫妻。

⑰ 年伯：科舉時代尊稱同年登第的長輩。

⑱ 綠林豪舉：綠林強盜豪強的舉動。

⑲ 宦女：官宦之女。

⑳ 樂天句：樂天，唐代白居易，字樂天。金鑾，白居易之女。白居易金鑾子晬日詩：「行年欲四十，有女曰金鑾。」

㉑ 作眼：引見；帶路。

每快去快去！

【仙呂・六幺令】（合）火速前往，到他家拿捉窩藏。咱們手段甚高強，如虎兕㉓，似豺狼。管教一見魂飛喪，管教一見魂飛喪。

（眾）來此已是雙茶坊巷，這是裘王府的住宅，不知那一家是？且喚地方㉔一問，便知明白。地方那裡？（丑）來哉！地方地方，兩腳奔忙。列位大叔，有甚事務？（眾）此處裘王府間壁，可有個姓白的女子住下？（丑）大叔，又來哉，我從小住在此，地方做老裡哉，那裡有姓白個住在此？（副淨）就是裘王府的宅子。（丑）裘王府麼，因有妖怪出現，渠㉕搬到東關居住。這所房子，一向無人住哉。裡面青草一人長，妖怪成團打塊㉖。前日有個叫化子，睡在屋簷底下，半夜裡，（眾）怎麼樣？（丑）扢察一聲，答落肚皮裡哉！（眾）阿呀！不信有這等事。（貼上嗽介。眾）裡面有人聲，我每打進去。（丑）使勿得，讓我看看。咦，竟有箇堂客在裡面！

【風入松】（貼）僊郎一去杳㉗何方？我娘娘坐盼淒涼。教奴來至門前望，時刻想引鳳求

㉒甕中捉鱉：比喻一定能捉到。
㉓虎兕：比喻兇猛。
㉔地方：舊時稱地保。
㉕渠：他。
㉖成團打塊：極言多。
㉗杳：遙遠；無蹤影。

凰㉘。（叩門介）開門！（貼）但願得共入洞房，那時節謝穹蒼㉙。

（眾）開門了。這想就是侍女青兒，快向前拏住！（貼下。丑）哎呀，放手放手，列位是我！（眾）是那個？啐！侍女呢？（丑）不知那裡去了？（旦內喚介）青兒，外面是什麼人，擅入我寡婦之門？（丑）咦，你看樓上有一個絕標緻的堂客在上。（副淨）想就是白氏了。（眾）一定是他，我每一齊上去拿他便了。

【急三鎗】（合）笑伊不忖量，忒無狀㉚，敢胡強㉛！拏你去，受災殃。

（眾捉各跌介。旦）住了，你每這夥歹人，為何到我內室之中，是何道理？（眾）呔！你這賊婦，竊取庫銀，還要嘴硬！（旦）呸！

【風入松】伊行休得太強梁㉜，笑徒然逞臂螳螂㉝，波中撈月空勞攘㉞。（指眾介）似撼樹蚍蜉伎倆㉟，安肯與鼠輩爭強㊱？且遁㊲去，脫羅網。（下）

㉘ 引鳳求凰：比喻尋求配偶。

㉙ 穹蒼：上天。

㉚ 忒無狀：忒，太。無狀，無禮。

㉛ 胡強：強橫亂來。

㉜ 強梁：蠻橫兇狠。

㉝ 逞臂螳螂：意謂像螳螂用臂擋車，不自量力。

㉞ 勞攘：勞碌；忙亂。

（眾）阿喲，阿喲！一霎時為甚昏迷起來？阿，白氏呢？（副淨）方纔在這裡的，料他沒處藏躲，且到後房各處搜尋便了。（眾）有理，有理。

【急三鎗】（合）霎時間，神悽惘，昏迷障，這潑怪潛何方向？真詫異，好難詳。

四下並無踪影，只有一隻箱籠，內裡十分沉重，我每且擡去回復老爺便了。忙將怪異事，報與老爺知。（同下）

【大迓鼓】（末、雜引外上。外）此案細尋思，正當考績，干係非微㊳。適差捕役，前去拘拿白氏、青兒，為何還不見到？（眾上）走走，捕役叩頭！（外）白氏帶到了麼？（副淨）小的奉爺鈞旨㊴，到雙茶坊巷拏捉，見門前冷落，迥㊵非前日所見，即喚地方細問，說此屋乃是裘王府的宅院，常有鬼怪出現，無人居住。小的每不信，同地方打將進去，遍地青草，蛛網滿室，見一婦人同著個丫鬟，端坐在樓，小的每上前拏時，只聽得一聲響亮，便不見了。四下尋覓，並無踪影，只有一隻箱籠，十分沉重，不知何物在內？小的們不敢擅開，求老爺發落。（外）打開來看！

㉟ 似撼樹句：意謂如同螞蟻搖動大樹，不自量力。蚍蜉，螞蟻。

㊱ 安肯句：意謂怎能與這些無名小人爭高低。安，怎麼。鼠輩，無名小人。

㊲ 遁：逃走。

㊳ 正當二句：考績，考核官吏的政績。干係非微，責任不小。

㊴ 鈞旨：舊時尊稱上司的指示和命令。

㊵ 迥：遠。

（眾）稟爺，就是庫中所失之銀。（外）嗄，有這等事！哈哈，點來！（眾）啟爺，三十八錠，連那二錠，共是四十錠。（外）真好怪事也！我原疑是假託，果不出吾所料。**分明變幻如山鬼，今姑念國帑41已無虧，也不必追尋怪魅42所為。**

把銀上庫。（眾應介。外）李仁，明日來衙中領賞。（副淨）多謝老爺！（外）分付掩門。（外同眾下。副淨）謝天謝地，一場沒頭官事，雪一般消化了。李仁、許宣，你好造化43也！快回家去，報與老婆知道。

41 國帑：國家的庫銀。

42 怪魅：妖怪。

43 造化：幸運。

第十一齣　遠訪

【雙調・新水令】（生上）一簇紅樓壓女牆❶，映東風綠楊輕颺，撩人❷教我如何向？我許宣，自到姑蘇，多蒙王敬溪老丈款留❸，後來接得姐夫書信，備陳❹白氏妖變根由，又道贓銀已得，官事已清，叫我且在蘇州再住幾時回去。我想白氏，那日贈金留宴，囑託終身，我只謂蓋世奇緣，誰知反惹一場飛禍？致令我生涯斷梗，漂泊靡依❺。當此芳春，客懷寥落，好難消遣也呵！好時光，都醞做一天愁，簇在兩眉上。（下）

【仙呂・步步嬌】（旦、貼上。合）淡掃蛾眉遙相訪，欲了風流障❻，難辭道路長。（旦）未識檀郎，別來無恙❼？奴家自從那日允配許郎，贈銀與他完娶，不料反惹一場是非。聞得他

❶ 女牆：城牆上凹凸型的小牆。
❷ 撩人：意謂引逗得我不知向何處去。撩，引逗；挑逗。
❸ 款留：熱情接待。
❹ 備陳：詳細告知。
❺ 致令二句：生涯斷梗，無謀生之路。斷梗，折斷的樹枝。比喻漂泊不定。靡依，沒有依靠。
❻ 風流障：男女之情引起的煩惱。障，佛教語。煩惱。

避往蘇州，現在府前吉利橋下王主人店中安歇。為此同著青兒，特地前來尋訪。（貼）娘娘，此去只恐官人不肯容留，這段姻緣，終成畫餅❽，如何是好？（旦）不妨。全憑舌巧勝如簧❾，怕不雙雙共入銷金帳❿。

此間已是，你去問來。（貼）曉得。裡面有人麼？（末上）是那個？（貼）伯伯，借問一聲，你店中可有位杭州來的許官人住下麼？（末）有的。你問他怎麼？（貼）相煩伯伯說一聲，我家娘娘同一侍兒從杭州到此，特來尋訪。（末）哎喲！如此遠來，請到裡邊少坐，待我去請他出來。（貼）有勞了。（末）好說。（貼）娘娘，我每且到裡邊去坐坐。（旦）使得。（下。末）許官人快來！（生上）心懸西子湖中月，夢斷寒山寺裡鐘。老丈有何見諭？（末）許官人，外面有一位小娘子，隨著個丫鬟，特來尋你，可去接了他們進來，已等候久了。

【雙角・折桂令】（生）**呀！乍聞言好費端詳，俺這裡舉目無親，顧影徬徨。**（末）一定有何瓜葛⓫？故此前來尋訪。（生）**沒來由背井離鄉，孤身流落，回首情傷。又誰憐斷行⓬？**

---

❼ 未識二句：檀郎，西晉潘岳貌美，自稱「檀奴」。後常以「檀郎」、「檀奴」稱美男子。恙，病。

❽ 畫餅：三國志魏書盧毓傳載，魏帝曹叡請盧毓物色一人任中書郎，對其說：「選舉莫取有名，名如畫地作餅，不可啖也。」後因以畫餅、畫餅充饑比喻虛名不能實用，空想自慰。

❾ 全憑句：意謂全靠好言語來說動他。

❿ 銷金帳：用金或金絲裝飾的帳子。

⓫ 瓜葛：瓜和葛皆為攀附於別的物體上生長的蔓生植物，比喻相互牽連的事情和事物。

悲失路亡羊⑬。（末）許官人，不妨出去一看，便知明白。（生）老丈，或者店中有同姓的，亦未可知。知他是覓李投張，李代桃僵⑭。（末）他說的姓字行踪，並無差悞。（生）那處流來紅葉桃花，粉豔脂香？

【仙呂・江兒水】空寄殷勤語，休矜⑮淺淡粧。並無瓜葛奚⑯相傍？（末）他渾如僊子月中降，何須閉戶來相抗，喬作魯男模樣⑰。（旦、貼上見生介）官人別來無恙？（生）我一見姣娥，不禁的驚魂飄蕩。

（貼、末）這卻為何？

【雙角・雁兒落帶得勝令】（生）俺不是遇鸞姐的踏月郎⑱，又不是會秦女的吹簫將⑲。

---

⑫ 斷行：群雁成行而飛，斷行，即孤飛之雁，比喻孤身一人。

⑬ 失路亡羊：迷失道路的孤羊。比喻孤獨。

⑭ 李代桃僵：樂府詩集相和歌辭三雞鳴：「桃在露井上，李樹在桃旁。蟲來齧桃根，李樹代桃僵。樹木身相代，兄弟還相忘。」本以桃李共患難，比喻兄弟友愛，後用以比喻代人受過或相互頂替。

⑮ 矜：顧惜。

⑯ 奚：為何。

⑰ 喬作句：喬作，假裝。魯，愚笨；遲鈍。

⑱ 遇鸞姐的踏月郎：唐裴鉶傳奇文簫寫進士文簫遊覽鍾陵西山遊帷觀，遇一女子，女子自稱西山吳真君女，名彩鸞，並吟詩曰：「若能相伴陟仙壇，應得文簫駕彩鸞。自有繡襦和甲帳，瓊臺不怕雪霜寒。」兩人一見鍾

他那裡當壚婦⑳百種情，何曾效執拂伎懷私向㉑？（貼）官人，我每受了千辛萬苦，來到此間，為何反是這般光景？（末）許官人，娘子遠來，有話請坐了講。（生）老丈，快些趕他每出去！（末）喲！甚麼說話？（旦）官人，休要錯怪了奴家，今日特來與你說明此事，以明奴一點心跡。（生）追思此事太荒唐，驀忽地㉒相過訪，分明是惑三思的素娥黨，險做了陷縲絏的公治長㉓。（末）許官人，請息怒，小娘子，你且坐了，待我喚老荊㉔出來相陪。（生）悽惶，縱承你太多情㉕也；慘傷，怎還來起禍殃？

情。這時有一仙童送來天判道：「吳彩鸞私自洩露天機，謫為民妻十二年。」彩鸞便嫁與文簫，居於鍾陵。七年後，兩人各乘一虎上天成仙。

⑲ 會秦女的吹簫將：漢劉向列仙傳載，蕭史善吹簫，能以簫作鸞鳳之聲。秦穆公因女兒弄玉愛慕蕭史，便將弄玉嫁給蕭史，並築鳳臺讓兩人居住。幾年後蕭史乘龍，弄玉乘鳳，升天而去。

⑳ 當壚婦：司馬相如與卓文君私奔至成都，後又回到臨邛，開了一小酒店，文君當壚，相如洗滌酒器。

㉑ 執拂伎懷私向：唐杜光庭虯髯客傳寫隋末李靖參謁楊素，一女子手執紅拂在旁，敬佩李靖的才略，私奔相從；途中又遇見虯髯客，結為兄妹，幫助李靖建立功業。

㉒ 驀忽地：忽然；突然。

㉓ 分明二句：惑，迷惑。三思，再三思考。論語公冶長：「季文子三思後行。」素娥，神話傳說稱嫦娥。黨，同類。縲絏，拘繫犯人的繩索，引申為囚禁。公冶長，春秋時齊國人，孔子弟子，曾蒙冤遭囚。

㉔ 老荊：對人謙稱自己的妻子。

㉕ 情：寵愛。

（末）媽媽快來！（副淨上）忽聞老公叫，忙步出堂前。老老，叫我出來做啥？（末）外邊有兩位小娘子，從杭州到此，尋訪許官人的。來來，你去陪他一陪。（副淨）是哉。介位就是許官人。（末）正是。（生）媽媽。（副淨）原來是位娘娘。（旦、貼作見介。生）媽媽，走開些，這是個妖怪，不要睬他。（副淨）喲！是介㉖一位標致娘娘，那說是妖怪？唔，年紀輕輕，能㉗勿要介惡口毒舌。娘娘，許官人為啥挈唔得來是介骯髒？（旦）不要說起，奴家正要告訴媽媽。（副淨）為啥事體起？

【雙調・僥僥令】（旦）訂盟曾贈鏹，官事間鴛行㉘。只為一諾終身終不改，到此際誰知反自傷。

（副淨）原來如此。（旦）官人，奴家既把終身相託，就是我的夫主了。難道反來移害於你？（末、副淨）是阿！（旦）若說此銀來歷不明，理當坐罪於先夫。奴家是一寡婦，那裡知道？（生）住了，我想那銀子或者前夫所有，亦未可知，只是我姐夫來信說道：那日差人來拿你之時，明明見你坐在樓上，及眾人向前，一霎時就不見了，還說不是妖怪？咦！定、定、定是鬼了！（旦）氣死我也！（貼）娘娘，不要氣壞了身子。

㉖ 是介：蘇州方言。這樣。

㉗ 能：蘇州方言。語助詞，表示強調的語氣。

㉘ 訂盟二句：鏹，成串的錢。官事，意謂官司隔開了情侶。間，隔開。鴛行，比喻夫妻。

【雙角・收江南】（生）呀，休說道嬌饒㉙模樣不尋常，怎生價離奇變幻這行藏㉚？莫不是花妖月怪兩相將㉛？是夷陵女郎㉜，是泉臺客璜㉝。向著俺那能續命的色絲長㉞。

（末）許官人，有話好好的說。（旦）官人，奴家還有一言相告。（生）還有何說？（旦）奴家所住，本是裘王府舊宅，身邊只有青兒為伴，因此空房頗多，甚是冷落。那日公差前來，皆疑有鬼。我見勢頭不好，只得將機就計，潛身躲在廂樓之內，為此多認我每是鬼怪，害怕不敢搜尋。見了銀子，就去了，奴家纔得脫離羅網。（生點首介。旦）故此帶了青兒，前來尋訪，並討……（副淨）為僭勿說哉？（貼）阿，並討婚姻的信息。（旦）不期你心中反疑我每，也是奴命該如此！（哭介。副淨）勿要哭。當初既許過嫁與官人的，今日心事又已辨明，難道怕他斷絕了這頭親事不成？（貼）官人，你也不要執性，我家娘娘為了你，是喫盡艱辛嘘！

㉙ 嬌饒：即「嬌嬈」。美好貌。

㉚ 怎生句：怎生價，為何；為什麼。價，語助詞。行藏，行止；行跡。

㉛ 相將：共同；一起。

㉜ 夷陵女郎：借指鬼魂。唐朝文明年間，竟陵人劉諷投宿一空館，夜見一女郎命女婢邀來眾女子一起歌舞，後一黃衫人奉婆提王之命來召，一會兒女子全不見了。

㉝ 泉臺客璜：借指鬼魂。唐朝潞城縣令周混妻韋璜貌美，聰慧，曾與其姐、嫂相約，誰先死，即把陰間事相報。乾元年間韋璜死，死後月餘，忽聽到她的說話聲，並留詩數首，落款泉臺韋璜。

㉞ 色絲長：民間習俗，農曆五月初五，以五彩絲繫於臂上，可使人無病無災。

【南呂・園林好】告官人還須主張，勸娘行休生怨悵，豈可聽無端相謗，輕拆散兩鴛鴦，輕拆散兩鴛鴦。

（末）媽媽，他每既有終身之約，誰敢翻悔？也罷，待老漢選個吉日，就在此間成就了百年姻眷，如何？（生）這個怕使不得。（副淨）有倽使勿得？老老，渠兩家頭既然說明白哉，選倽日子，唔嘿做子男媒人，我做子女相伴，推渠兩家拜拜天地就是哉！（末）說得有理。（生、旦）媽媽，這個使不得！（副淨）啐，到害起羞來，大家來！（末拉生、副淨、貼扶旦，拜介）

【雙角・沽美酒】（貼、末、副淨合）是和非已審詳，假還真丟已往，並不是明月蘆花兩渺茫，今日似錦雲中鶼鶼㉟共翔，權把這店房中做了陽臺㊱上。

（末）許官人，你兩下既已成親，只是店中來往人雜，不好居住。我間壁有所空房，待我叫小二去收拾收拾，請官人娘子住下，不知意下如何？（生）若得如此，感謝不盡！（副淨）倽說話？我去備桌酒來，一則慶賀，二來權當合巹㊲。（生）不消費心。（末）生成㊳要的，失陪了。

㉟ 鶼鶼：傳說中的比翼鳥。常比喻夫妻。

㊱ 陽臺：戰國時楚國宋玉高唐賦序寫楚襄王遊高唐，晝寢，夢見一女子來會，自稱是巫山之女，兩人歡會。離去時，女子對楚襄王說：「妾在巫山之陽，高丘之下。」後因以陽臺借稱男女歡會之所。此指新房。

㊲ 合巹：舊時結婚的一種儀式，把瓠分成兩個瓢，叫巹，新婚夫婦各拿一瓢來飲酒，俗稱交杯酒。

㊳ 生成：一定。

（同下。生）小姐，小生有眼不識，一時愚昧，反多唐突㊴，（跪介）望恕卑人之罪。（貼）該跪的。（旦）阿呀，官人請起，奴家失於檢點，致起風波，官人幸勿介懷。（生）說那裡話來？

（貼）你兩下都不要說了。

【仙呂入雙調・清江引】（合）破疑團恩情倍往常，莫使相孤曠，安排合巹卮㊵，準備同鴛帳，五百年好風流冤孽障。

（貼）丁寧㊶惟恐滯吳鄉，（羅隱）（旦）斜斂㊷輕身拜玉郎。（李紳）

（生）慚愧情人遠相訪，（曾圓觀）人間來就楚襄王。（劉禹錫）

㊴ 唐突：冒犯；衝撞。

㊵ 卮：盛酒器。

㊶ 丁寧：即叮嚀，反復囑咐。

㊷ 斜斂：側身整理衣襟，表示恭敬。

第十二齣　開行

【越調・水底魚兒】（副淨上）我好快活呵！叫化❶逍遙，身穿破衲襖。（丑上）河裡洗澡，羹飯喫一飽，羹飯喫一飽。（副淨）我里❷非別，乃孤老院裡個頭兒。（丑）腦兒。（副淨）頂兒。（丑）尖兒。（副淨）阿貓。（丑）阿狗。（副淨）區區❸祖居毛家衖。（丑）小子新住狗衙場。（副淨）我里老父，原遺一爿❹狗皮帽子店，忒煞賤，喫我一嫖嫖完哉，因此流落於此。（丑）阿貓，曉得我為儕也幹子個貴行生意？（副淨）勿曉得。（丑）我起先原擺兩隻碎魚桶，在門前做生意，過日腳。（副淨）介沒唔個魚桶，比子我個帽店差點。（丑）原不過拌拌貓兒飯個意思呀。（副淨）後來為儕弗做哉？（丑）誰耐煩要想中狀元哉！（副淨）那說？（丑）鄭元和❺哩。（副淨）是

❶ 叫化：要飯；乞討。

❷ 里：蘇州方言。語助詞。

❸ 區區：對人謙稱自己。

❹ 爿：音ㄅㄢˋ。江蘇方言，量詞，店鋪單位，相當於「間」、「家」。

❺ 鄭元和：唐白行簡李娃傳寫府尹之子鄭元和與妓女李亞仙相愛，錢財化光後，被鴇母趕出妓院。流落街頭，行乞為生。後得李亞仙救助，應試及第。

介說起來，唔，我纔是長進大細❻哉。（丑）阿貓，我今朝一走，走到吉利橋頭，阿喲喲，看見鬧熱得勢❼，原來是新開一班大藥材店，店主人叫僧許遷。（副淨）嗄？（丑）勿是，勿是，叫做許宣。好鬧熱生意阿！（副淨）介沒阿狗，我大家去討點糕酒喫喫。（丑）好阿，好阿，我里去呀！

（合）**沿街廝討，到老沒煩惱。**（同下）

【仙呂・步步嬌】（生上）**朝來喜鵲聲聲噪，庭前報發靈芝草。禎祥五福招❽，敢是吾門有些吉兆。**我許宣，自從僑住吳門，誰知白家主婢尋來，認做夫妻。我因官事已清，前盟尚在，又見他娉婷窈窕，令人可愛，只得與他成就姻緣。這也不在話下，只是前日，他向我說道：「夫妻每三口兒，借寓人家，終非長久之策，就在左近，另自租了房子，搬來居住。」今早又催促我出來，辭謝了王敬溪，要自己開行。我倒好笑，只有幾進空房，坍頹不堪，那裡開得甚麼行呀？**我想漂泊借鷦鷯，一枝何處增光耀❾？**

哎呀，我家的住房那裡去了？好奇怪阿！（貼上）官人回來了。（生）青姐，你為何在此？（貼）

---

❻ 長進大細：意謂進步很小。

❼ 勢：蘇州方言。很。

❽ 禎祥句：意謂好的兆頭會招來好運。禎祥，吉祥；吉兆。五福，指壽、富、康寧、德、善終。

❾ 我想二句：意謂自己四處漂泊無著落，何時能找到一個安身之所。莊子逍遙遊：「鷦鷯巢於深林，不過一枝。」鷦鷯，一種栗棕色的小鳥，精於築巢，俗稱「巧婦鳥」。

呀，這是自己家中，叫我往那裡去？（生）是我家裡，怎麼這等簇新？（貼）今早官人出門去了，娘娘喚了許多匠人，立刻修造的。（生）有這等事，快請娘娘出來。（貼）娘娘有請。（生）這也奇怪！（旦上）翡翠逐人尋舊偶，鴛鴦和燕定新巢⑩。官人！（生）娘子！卑人今早出門，還是破落門牆，怎麼一時就如此華麗了？（旦）是奴家今早喚匠人修理，催趲完工的。（生）說那裡話，就是張、魯二班，一時也來不及。（旦）只要工匠多些，何愁不快。（貼）官人，常言道得好：「有錢使得鬼推磨」耶！（生）桌兒上這些東西，要他何用？（旦）今乃黃道吉日⑪，為此備下三牲祭品，貢獻財神，即便開張店面。（生）娘子，你好周到阿！（貼）請官人、娘娘拈香。

【正宮集曲・傾盃玉芙蓉】【傾盃序】（生、旦合）**日逢黃道喜開張，席列財神相。一會價整整齊筵，燁燁銀釭⑫；淨淨仙茶，馥馥⑬高香。【玉芙蓉】**（拜介）**俺這裡躬身默告財源旺，必要近遠行商至此行。忙稽顙⑭，共誠心送將，愿家庭指日⑮，和順降禎祥。**

（旦）祀神已畢，請官人用杯喜酒。（生）多謝娘子！（旦）青兒看酒。（貼）曉得。

---

⑩ 翡翠二句：翡翠，鳥名，羽毛可作裝飾。和燕，和好。
⑪ 黃道吉日：舊時迷信謂吉神值日的日子是吉日，諸事皆宜，故稱「黃道吉日」。
⑫ 燁燁銀釭：燁燁，明亮閃爍貌。銀釭，銀製的油燈。
⑬ 馥馥：香氣濃烈貌。
⑭ 稽顙：古時的一種跪拜禮，屈膝下跪，以額觸地。顙，額，額頭。
⑮ 指日：不久。

【普天樂犯】（合）彩紅新，高飄颺；粉牌兒⑯，招人望。看龍蔥⑰門戶增光，覰紛紛瑞氣飄揚，除危定吉祥。今朝喜值青龍向⑱，使長源利澤無窮，通泰⑲萬事吉昌。

（副淨、丑上）走阿！（副淨）咦！當真新開店。（副淨、丑）大相公發財呀，我里討點糕酒喫喫。阿狗唱起來！（生）既然會唱，唱得好，自然賞你們。

【雙角・蓮花落】（副淨、丑合）一進門來把頭搕，哩哩蓮花哩哩蓮花落。今年必定要大發財，也麼哈哈哈蓮花落，也麼哈哈哈蓮花落。生意興隆長旺鬧如雷，哩哩蓮花哩哩蓮花落。勿知勿覺送將來，也麼哈哈哈蓮花落，也麼哈哈哈蓮花落。花藥欄邊掘出一個聚寶盤，哩哩蓮花哩哩蓮花落。後園出子一窠搖錢樹子不用栽，也麼哈哈哈蓮花落，也麼哈哈哈蓮花落。

【前腔】馬蘭頭變子一窠三節草，哩哩蓮花哩哩蓮花落。蘿蔔乾變子一窠人參栽，也麼哈哈哈蓮花落，也麼哈哈哈蓮花落。狗屎變子一包山羊血，介裡人人有病喫拉肚子裡能個跳起來，哩哩蓮花哩哩蓮化落。介位大娘子好像觀自在⑳，也麼哈哈哈蓮花落，也

⑯ 粉牌兒：白色的牌子。

⑰ 龍蔥：草木青翠茂盛貌。

⑱ 今朝句：意謂今日正好遇到吉神青龍值口。青龍，舊時迷信謂是吉神。

⑲ 通泰：順利；平安。

麼哈哈蓮花落。時運來時三拳兩腳打不開，哩哩蓮花哩哩蓮花落。踢勿開，打不開，高擡貴手，一年四季好買賣，也麼哈哈蓮花落，也麼哈哈蓮花落。

（生）唱得好。（旦）青兒，與他們些糕酒。（貼）是。（取遞介。副淨、丑）多謝相公、娘娘！

（下。生）娘子，我想此處街道窄小，貨物出入不便，怎麼處？（旦）不妨。

【正宮集曲・朱奴插芙蓉】【朱奴兒】來朝裡安排左廂，積貨時須教右廊，紛紛到來休推讓，只怕你還愁勞攘。（生）娘子辛苦了，進去少歇罷。（合）同歡暢，財源日長。

【玉芙蓉】看從今客商到處把名揚。

（生、旦先下，貼弔場㉑）你看我娘娘，摒擋㉒諸務，井井有條，不獨官人得內助之賢，就是我青兒，也有許多好處。官人，你好有福氣也！（下）

---

⑳ 觀自在：即觀世音菩薩。梵文 Avalokitesvara 的意譯，本譯作觀世音，唐代因避唐太宗李世民「世」字諱，略稱觀音，玄奘心經改譯作觀自在。佛教大乘菩薩之一。為廣化眾生，示現種種形象。

㉑ 弔場：傳統戲曲術語。其他腳色先下場，留一個腳色在場上表演，意謂弔住場子，以引出後面的情節，不使演出中斷。

㉒ 摒擋：料理；收拾。

第十三齣 夜話

【越調引子．霜蕉葉】【霜天曉角】（旦上）簾波牕瑣❶，桂影紛紛墮。【金蕉葉】是事芳心可可，恁無端臨風感多❷。

【調笑令】羅袖，羅袖，又值清和時候。金猊小篆❸烟輕，閒望空階月明。明月，明月，好似峨眉積雪。

奴家自與許郎遷居之後，聊為市隱，亦足幽棲❹。問皐橋之遺跡，良人雅慕伯鸞❺；效舉案之齊眉，賤妾能師孟女❻。彼唱我隨，式❼歌且舞，可謂極琴瑟之歡，遂于飛之願矣❽。但是記

---

❶ 簾波牕瑣：簾波，飄拂如水波的門簾。牕瑣，有連環形花紋的窗戶。

❷ 是事二句：是事，所有的事。可可，恰好；正好。無端，無故。

❸ 金猊小篆：金猊，香爐，狻猊形爐蓋，香煙從其口中吐出。小篆，盤香。

❹ 聊為二句：聊，姑且。市隱，隱居於鬧市之中。足，可以。幽棲，幽靜的住所。

❺ 問皐橋二句：皐橋，在今江蘇吳縣閶門內。漢朝皋伯通居其側。良人，古代女子稱丈夫。伯鸞，漢朝梁鴻，字伯鸞，家貧博學，不慕富貴，與妻子孟光隱居皐橋，為人傭工舂米，每完工歸家，孟光為其備飯，高舉盤子齊眉，以示敬愛。

得別我道兄下山，自臨安到此，經歷了多少風波，轉瞬間不覺又是夏初天氣，紅塵中日子，真過得好疾也呵！（行介）

【過曲．小桃紅】親裁團扇試宮羅❾，又一番新粧裹也，落盡殘紅，茂草成窠，（倚欄望月介）**烏兔疾如梭❿。俺這裡浸空庭滉金波⓫，他那裡洞門邊雲深鎖也，自別了同道哥哥，舊山中光景竟如何？**

（貼上）茶香飄紫筍，花蔓綴金鈿。呀！娘娘獨自在此，官人有事，還沒進來。青兒泡得絕好細茶，請娘娘先喫一盞兒。（旦）好。（坐飲介。貼）娘娘，如此好天良夜，為甚徒倚迴欄，若有所思，敢是有甚心事？何不說與青兒知道。（旦）青兒，念我呵！

【下山虎】暗思擲果⓬，好事多磨，行藏每怕人瞧破。縱欣女蘿，得附喬松⓭，尚愁折

---

❻ 孟女：指孟光。

❼ 式：語助詞，無義。

❽ 可謂二句：琴瑟之歡，琴和瑟相應，比喻夫妻相諧相愛。于飛，詩經大雅卷阿：「鳳凰于飛，噦噦其羽。」本指鳳和凰相偕而飛，比喻夫妻和睦相愛。

❾ 親裁句：團扇，圓形的扇子。宮羅，一種質地細薄的絲綢。

❿ 烏兔疾如梭：比喻時間飛逝而去。神話傳說日中有三足烏，月中有兔，故以烏兔借指日月、時間。

⓫ 浸空庭滉金波：空曠的庭院中月光如水。滉，蕩漾。

⓬ 擲果：據晉書潘安傳載，潘安貌美，每出行，婦人遇之，皆聯手縈繞，投之以果，遂滿車而歸。後常以擲果

挫。（貼）娘娘請放心。凡事有青兒幫襯，斷不決撒。（旦）慢道恩情忒煞多，猛然念故我，似孤雲閒澗過⑭。一自因緣合，葉辭故柯，未識將來事則那⑮。

（貼）娘娘，若不道及，青兒也不敢問。當日娘娘在峨眉山修煉多年，因何忽動紅塵之念？

【集曲・山桃紅】【下山虎】難道是前因後果，注定絲蘿⑯？（旦）這箇，我那裡知道？（貼）難道是久靜芳心簸⑰，獨眠奈何？（旦）胡說！【小桃紅】（貼）你本不受世塵涴⑱。（旦）果然我一向潛修，最耽幽靜，後來出山，亦偶然耳。（貼）又不是撲燈蛾，卻怎生，反將身熱鬧場中躲也？（旦背介）這丫頭，倒也說得有理。只是一入紅塵，欲罷不能，教我也沒奈何了！【下山虎】（貼）不過是出洞閒雲風攪破，有甚愁無那⑲？你試覷波，今夜裡人月盈盈⑳

比喻女子對男子的愛慕。

⑬ 縱欣二句：縱欣，縱然令人欣喜。喬松，高大的松樹。

⑭ 猛然二句：念，想到。故我，我的過去。閒澗，山間無聲的流水。

⑮ 葉辭二句：故柯，舊枝。識，知道。則那，語助詞，無義。

⑯ 絲蘿：菟絲和女蘿，兩者皆為蔓生植物，相纏而長，比喻夫妻。

⑰ 簸：搖動。

⑱ 涴：被泥土沾汙。

⑲ 無那：猶無奈。

⑳ 人月盈盈：人儀態優美，月圓滿明亮。

莫負他。

【羅帳裡坐】（旦）青兒，你那裡知道，風流配偶，人道是情多累多，須知自古，有緣皆頗㉑。（貼）古來像娘娘與官人這等奇逢，也還有麼？（旦）天台裡有兩個胡麻飯熟㉒，瑤臺上有一個踏月聽歌㉓，數不盡藍橋給飲鵲填河，那天孫仙媛㉔，尚然各偕伉儷㉕，況於我輩？（貼）是阿！（旦）怕甚麼耐守寡的孀娥㉖笑我。

【江頭送別】（貼）連環路，思勝景，雲霞錦拖㉗。（旦）他年那，擬雙雙跨鳳同過，（合）學吹簫秦女芳聲播，似仙葩並蒂緗荷㉘。

㉑ 頗：不平。

㉒ 天台句：即漢劉晨、阮肇入天台山採藥遇仙女事。

㉓ 瑤臺句：瑤臺，神話傳說神仙所住處。據穆天子傳載，周穆王好神仙，曾駕八駿西遊，與西王母會於瑤池，共玉帳，同歡歌。

㉔ 藍橋句：藍橋給飲，唐裴鉶傳奇裴航寫唐長慶年間，秀才裴航下第，遊於鄂渚，至藍橋驛，口渴求飲，遇雲英，得玉杵臼搗藥，與雲英結為夫妻。鵲填河，神話傳說七夕喜鵲在天河搭橋，牛郎織女過河相會。

㉕ 伉儷：夫妻。

㉖ 孀娥：寡婦。

㉗ 雲霞錦拖：雲霞似下垂的錦緞，豔麗多彩。

㉘ 似仙葩句：葩，花。並蒂緗荷，猶並蒂蓮，比喻恩愛夫妻。

（生上）娘子失陪了。（旦）官人，今夜因何來得恁遲？（生）卑人只為店務羈身㉙，是以來遲，得罪了。（旦）好說。（生）娘子，你每方纔說些甚麼？（旦）愛他月明如水，偶然在此閒談。（生）妙阿！如此月色，豈可辜負？青姐，你去暖壺好酒，放在房中，待我與娘娘庭前步月，回來同酌。（貼應下。生）安排共醉玉東西，芳霧空濛樂倡隨。（旦）春動紅生雙笑靨㉚，蓮開綠印小香綦㉛。（生）娘子，你看冰輪㉜皎潔，萬籟㉝無聲，空中更沒些兒雲彩，真個好一天夜景也！（旦）果然好不可愛！

【山麻稭】（生攜旦手同行介。生）朱扉靜鎖，正庭際空明，行來婀娜。冷浸佳人，淡脂粉嬌多。娘子！（旦）官人。（生）不要說卑人愛你，嫦娥也移花影，斜簪你雲鬟低嚲㉞（浪介）。玉粳香唾㉟，斗牛私誓，緩蹴凌波㊱。

㉙ 羈身：事務纏住，不能離開。

㉚ 笑靨：笑時臉上出現的酒窩。

㉛ 綦：腳印；足跡。

㉜ 冰輪：月亮。

㉝ 萬籟：自然界萬物發出的聲音。

㉞ 斜簪句：簪，用作動詞，將簪插在頭髮上。雲鬟，捲曲如雲的髮髻。低嚲，低垂。

㉟ 玉粳香唾：玉粳，美稱牙齒。香唾，口中香氣。

㊱ 斗牛二句：斗牛私誓，面對斗星和牛星發誓。蹴，踏。凌波，比喻美人步履輕盈，如踏波而行。曹植洛神

【鏵鍬兒】這風光魂銷奈何，心裡沒些裁奪。禁不得乜斜㊲星眼，忍笑微睃㊳。（旦）官人。（指月介）圓缺恨娑羅㊴，休輪到我。（生）娘子，我和你與月啊，本殊科㊵，又何須慮過。（旦）夜深了。（生）正是，夜深了。（旦）去罷。（合）好同把鴛鴦夢做。

（貼內叫介）請官人娘娘回房罷。（生、旦）來了。

【尾聲】（旦）文書鍼線都休課㊶，（生）照解語嬌花㊷一朵。（合）更同看清影團圞㊸枕上過。

（旦）重重履跡在莓苔，（李頻）　月會深情借豔開。（陸龜蒙）

（生）酒面浮花應是喜，（白居易）　倚風含笑向樓臺。（秦韜玉）

賦：「凌波微步，羅襪生塵。」也美稱女子之腳。

㊲ 乜斜：眯著眼睛斜視。乜，音ㄇㄧㄝ。

㊳ 微睃：偷偷看上一眼。

㊴ 娑羅：佛教經典中的樹名。

㊵ 殊科：不同類型。

㊶ 休課：不用去做。課，做；從事。

㊷ 解語嬌花：五代王仁裕開元天寶遺事解語花載，唐明皇與貴戚觀賞千葉白蓮，左右皆歎羨久之。帝指貴妃對左右說：「怎如我解語花？」後因以解語花比喻美人。

㊸ 團圞：團圓，此指圓月。

第十四齣　贈符

（末法師上）可道非常道，可名非常名❶。仰首扳南斗，翻身倚北辰❷。暇時探月窟，靜裡躡天根❸。天根月窟閒來往，三十六宮都是春。貧道乃神仙廟中主持魏飛霞便是。今四月十四日，乃孚佑真君純陽老祖❹聖誕。十方檀樾❺，善男信女，俱要來焚香還願，志心朝禮❻，不免吩咐徒弟們，陳設道場，恭祝聖壽者。（下。生上）萬事機謀在變通，行商坐賈勢尤同。若非壺內能襄贊❼，貨殖居奇❽總是空。我許宣為何說此數句，只為開行以來，貨物到得甚多，並無客

❶ 可道二句：意謂講解不尋常的道理，可以解釋不尋常的事物。

❷ 仰首二句：扳，同「攀」。南斗、北辰，皆為星名。倚，靠。

❸ 躡天根：躡，踩；追蹤。天根，星名。

❹ 孚佑真君純陽老祖：即呂洞賓，名巖，佛號純陽子。道教全真道尊為「北五祖」之一。元代封為「純陽演政警化孚佑帝君」。

❺ 檀樾：佛家稱施主。

❻ 志心朝禮：專心朝拜。

❼ 若非句：壺內，舊時指婦女所居處，故常借指妻子。壼，音ㄎㄨㄣˇ。門檻。襄贊，說明。

商來販。幸虧娘子高見，將藥材行改做生藥舖。感得神靈福庇，抑且炮製精良，贖藥❾的擠捱不開，小店都來打販。不上一月，貨物盡已賣完，打發客商起身。倒餘剩利銀千兩，此皆天地覆載之恩也。今日乃純陽祖師壽誕，因此備下香燭，前去禮拜，並問前程則個。

【中呂過曲・粉孩兒】辦著個志誠心前拜禮，一家兒飽暖，神靈福庇。僊都縹緲入望迷，曉烟中碧瓦凝輝。捧名香敬問元機，願生涯美滿如意。（下）

（末上）法官每何在？（眾上）有。（末）可動法器，隨我行香❿者。（眾應介。末上臺、眾唱介）

【法曲】清淨自然，香烟散十方。靈風縹緲上穹蒼，遍滿虛空沖法界⓫，普降普降吉祥。寶香敬爇⓬金爐，上香，供養諸天酌桂漿⓭。

（末、眾繞場下。生上）妙阿，果然好熱鬧也！

【紅芍藥】聲隱隱鼓樂相催，幢旛引法侶肩隨⓮。看一霎春生街市裡，抵多少蝶喧蜂擠，

---

❽ 貨殖居奇：貨殖，經商；買賣。居奇，囤積奇貨等價高時出售。

❾ 贖藥：買藥。

❿ 行香：添香；上香。

⓫ 法界：佛教語。指眾生之本性。眾生本性皆善，一切佛法都由此而生，故稱。

⓬ 爇：焚；燃。

⓭ 桂漿：美酒。

⓮ 幢旛句：意謂僧侶肩抗旗幡前行。

欣欣。那壁廂粉黛成圍，這壁廂簪纓濟濟⑮。已到廟中，就此叩禱，祖師在上，念弟子許宣呵，夢西泠⑯烟水淒迷，幾時個翩然歸里。

那邊法師行香來了，我且站過一邊。（末、衆上。末上臺介）呀，那邊一位官人，好生奇怪！與我請過來。（道童）官人，法師相請。（生）師父呼喚，有何見諭？（末）貧道有一言奉告，官人若不見怪，方敢唐突。（生）豈敢！師父有話，但說不妨。（末）我看你額上有一道黑氣，定被妖纏，若不早除，咦，其禍非小。（生）阿呀，不瞞師父說，家中妻婢二人，其實來歷不明，每每生疑，今蒙法眼看出，但不知有何妙術治之？弟子感戴不淺。（末）嗄，果有此事。也罷，你將往日情形，細細說來，自然有法驅除。（生）師父聽稟：

【會河陽】偶踏西湖，恍逢西子，陌頭一笑逗情癡。同歸，早金屋裝成，春宵魚水，幾惹上風流罪。（末）聽你聲音，不像這裡人呵！（生）是臨安，為官事來吳地。（末）尊居何處，高姓大名？（生）許宣，現寓在橋名吉利。

（末）原來就是開生藥鋪的許官人。（生）正是。（末）我如今與你除去此妖如何？（生）萬望尊慈搭救。（末）你在臨安，住何地方？（生）在省城大名王界中居住。（末）待我畫道靈符與你，可對天禱告。（生）是。（拜介）天地神祇⑰在上，弟子許宣呵！

⑮ 那壁廂二句：那壁廂，那邊。粉黛，借指美女。簪纓，古時高官帽子上的飾物，借指顯貴。濟濟，形容人多。

⑯ 西泠：橋名，在杭州西湖。

【縷縷金】鄉關遠，故交離，姻緣成惡夢，悔應遲。仰叩神天鑒，災消福至，莫教妖麗緊相隨，十分大歡喜，十分大歡喜。

（末作畫符介）許官人，靈符二道，一道藏在你髮中，一道將來⑱燒化了，哄那妖服之，自有神驗。（生）是。

【越恁好】（末、眾）驅除邪祟，驅除邪祟，一紙抵千師。收藏緊密，回家去切莫漏伊知，蘭房⑲人懶更靜時，茶前酒底，悄然間灌落在他柔腸內，猛然間定迸斷他迴腸細。

（生）多謝師父！我如今有了這靈符攜去是：

【紅繡鞋】寃家從此分離，分離。寧甘孤另羈棲⑳，羈棲。憑藥物，趁銖錙㉑，又何必歎悽其㉒。春潮動，放船歸。（下）

（末）妙阿，他此去必然掃蕩妖氛也。

【尾聲】（合）九天法力驅妖魅，也只是仙家周濟㉓。（末）俺還要再爇真香叩本師。

---

⑰ 神祇：天地之神。

⑱ 將來：拿來。

⑲ 蘭房：美稱女子的居室。

⑳ 羈棲：流落他鄉。

㉑ 趁銖錙：掙錢。趁，賺；掙。銖錙，古代的重量單位，錙，一兩的四分之一。銖，一錙的六分之一。

㉒ 其：語氣助詞，含有反問的語氣。

賣符解遣龍蛇走，（沈廷瑞）劍下驅馳造化權㉔。（伊用昌）

陽呴陰滋㉕神鬼滅，（希道）神仙不肯等閒傳㉖。（李浩）

㉓ 周濟：說明；接濟。

㉔ 劍下句：驅馳，行使。造化權，創造化育的權力。

㉕ 陽呴陰滋：天地溫暖滋潤萬物。呴，溫暖。

㉖ 等閒傳：隨便傳授。

第十五齣　逐道

【中呂引子・菊花新】（旦上）何方野道洩玄機，頓使情郎暗動疑。（貼上）管甚是和非，潑道呵，想此事斷難饒你。

（旦）莫信直中直，須防仁不仁❶。奴家自與許郎遷居之後，情意相投，一嚮無話。不意今日純陽祖師誕辰，許郎前往神仙廟中進香未回，奴家忽然心緒欠寧，掐指暗算，原來許郎被那廟中道人煽惑❷，說我是非。青兒！（貼）娘娘。（旦）可笑那道人狂妄，好難容恕。（貼）便是，倘官人不念夫婦恩義，聽那賊道言語，將如之何？（旦）不妨，小小法術，何足畏懼？待許郎回時，我自有處。你一面喚齊孩兒們，到彼廟中，將那潑道擒來吊起，儆戒❸一番。那時略施妙術，管教官人轉念，反嗔❹於彼，道人自不敢在此存身矣！（貼）如此甚好。（旦）只是那妖

❶ 莫信二句：意謂不要輕信表面上看來很正直的人，要提防看似正人君子的人。
❷ 煽惑：挑撥，誘惑。
❸ 儆戒：警告不要做壞事。
❹ 嗔：責怪。

道好無知也。

【中呂過曲・尾犯帶芙蓉】【尾犯序】恨不識時宜，無端間離，敬愛夫妻，洩我靈機，教我如何容你？若不將那道人遠逐他方，怎得絕去我們後患！（貼）是阿，堪嗤❺，他頂禮純陽祖師，敢相欺，飛天仙女。（生上）數言指破姻緣惡，行到庭前骨也驚。娘子拜揖！（旦不理介。生）哎呀，卑人向蒙相愛，為何今日如此，敢是嗔怪卑人麼？（貼）唔，其實有些。（旦）我且問你：為何這時候回來？（生）卑人只為貪看仙觀景致，故此歸遲。（貼）歸遲，歸遲，只怕你聽信潑道言詞。（生）青姐，此話從何而來？（貼）方纔我同娘娘在門外探望，聽得人說，你被那道人將言煽惑，欲害我每！（旦）可是有的？（生）娘子，卑人並無此事，休得見疑。（旦）還要嘴硬！（生）其實不曾。（旦）既無此事，你手中是甚麼東西？（生）沒有阿。（旦、貼）那隻手呢？（生）也沒有阿。（旦搜介）這不是麼？（生）這是卑人請回的祖師聖像。（貼）只怕未必。（旦）咳，我和你相聚到今，何等恩情，你為何聽信道人言語，反將我來骯髒❻？（生）娘子請息怒，待卑人告禀。（貼）快說！（生）今早到神仙廟中燒香，見彼設有醮壇❼，觀者甚多。不期那法師說我身沾妖氣，若不驅除，為害不小，贈我靈符二道，一道教我藏於頭髮之內，一道燒化了與娘子飲下。卑

❺ 堪嗤：可笑。

❻ 骯髒：糟蹋。

❼ 醮壇：僧道祭祀神佛時所設的道場。

人見他說得利害，一時聽信。也罷，待我將此符扯碎了罷。（旦）住了，若扯碎了，汝疑心怎除？快將來燒化，待我服之，看可有應驗？（生）娘子，不可造次❽！（旦）不妨。（貼）啐，只怕官人倒遇了妖怪了。（旦）只是那潑道好生無理。青兒，你與我到彼廟中，扯那妖道來，當面辯別。（貼）曉得。（下。生）娘子，不必喚他來辯別罷。（旦）不要你管。快將此符燒化起來！（生）是。（旦接盃背作解介。旦）你試看符水，【玉芙蓉】**我吞將腹裡，等閒般，可曾見有甚差池❾？**奴家已吞下多時了，怎麼不見些影響？你聽信妖言，把奴如此輕賤，氣死我也！（生）哎呀，娘子請息怒，不要氣壞了身子！（同下）

【縷縷金】（貼引四鬼擒末上。貼）**賊潑道，敢無知，擅把吾行觸，難輕恕。奉著娘娘旨，將伊捉取，到此方別是和非。管驅逐離吳地，管驅逐離吳地。**

與我吊起來，汝等迴避。（四鬼應下。貼）娘娘快來！（生、旦上。旦）敢是道人拏來了？（貼）正是。已被我吊在此了。（旦）同去看來。（末）許官人！（生）就是他！（旦）你這妖道，有何法術，輒敢妖言惑眾。哄騙良人？（末）呔，何方妖魅，擅敢將我如此戲謔？（旦）還敢胡言亂語，青兒，與我著實打！（貼打介。末）哎喲，哎喲，許官人救我一救！（生）娘子，看卑人薄面，放了他去罷。（旦）但恐放了他，他又誣害良人，還是送他到官治罪的好。（生）還求娘

❽ 造次：魯莽。

❾ 差池：差錯。

子饒恕！（旦）既是官人再三討情，青兒，問他可再敢妖言惑眾了？（貼問介。末）再不敢了。（旦）既如此，放他去罷！（放末，旦撤手吹氣介，末奔下。生）好奇怪！那道人化道白光而去，這定是個妖魔了！（旦、貼）官人，我每可是妖怪麼？（生）說那裡話？卑人一時昏昧，為彼所惑，望娘子恕罪！（貼）娘娘倒罷了，只是官人以後耳朵要放硬掙些！（生）不要說了。

【尾聲】（生）**讒言合把青蠅⑩比，**（旦）**恨幾乎害我夫妻相棄。**（貼）**難道這一頓毒棒打他不是。**

（同下。末跌上）阿呀，好利害的妖怪！方纔只見他口出白光一道，弄得我昏迷不醒，但不知甚麼所在了？且住，我若再回廟中，有何面目見我徒弟，且必遭那妖毒害，也罷，不免回到茅山，煉成妙術，再來除卻此妖便了。正是：是非只為多開口，難洗今朝滿面羞。（下）

---

⑩ 青蠅：蒼蠅。喻指進讒言之人。詩經小雅青蠅：「營營青蠅，止於樊；豈弟君子，無信讒言。營營青蠅，止於棘；讒人罔極，交亂四國。營營青蠅，止於榛；讒人罔極，構我二人。」

第十六齣　端陽

【黃鐘引子・玩僊燈】（生上）荊楚良辰❶，憑說向人人❷，莫辜他三吳風景。競渡流傳舊，纏絲續命新❸。結蘆同楚客，采艾貨醫人❹。我許宣，自到蘇以來，不覺又是天中佳節。客中光陰，不可辜負，已著青兒整治酒殽，與娘子慶賞，未知可曾完備？正是：相逢纔記蘼蕪❺綠，又見榴花刺眼紅。（下）

【宜春絳】【宜春令】（旦上）新裁白紵❻如銀，（貼上）插宜男鳳尾一枝黃映❼。（旦）【虞

❶ 荊楚良辰：指端陽節。端陽節是為紀念戰國時楚國三閭大夫、詩人屈原而設，故稱。

❷ 憑說句：意謂請告訴每一個人。

❸ 競渡二句：競渡，指端陽節賽龍舟的習俗。纏絲續命新，端陽節用五彩新絲纏在臂上，以避災病。

❹ 結廬二句：結蘆同楚客，在楚地建房，與楚地百姓同住。結蘆，建房。采艾，端陽節採摘艾草，掛於門上，以驅除瘟疫病害。貨，賣。

❺ 蘼蕪：香草名。

❻ 白紵：紵麻織成的白布。

❼ 插宜男句：宜男，宜男花，即萱草。舊時迷信謂婦女懷孕時佩戴宜男花則生男孩，故名。鳳尾，鳳尾花，即

美人】慵邀鬥草閒烹茗，纖手教郎飲❽。芬芳直欲沁衷腸，休戀菖蒲北里別家香，窗前笑把檀郎蹴❾，誰道諸般毒？東家蝴蝶過西家，多恐薄情心性劣於他。青兒，我和你為著許郎，來到此間，不覺又是端陽了。（貼）娘娘，今早官人已置買物件，慶賞佳節，都已收拾停當。少頃宴飲之時，都是雄黃酒❿，你須要留神便好。（旦）這個我自有主張。（貼）如今午時將近，哎喲，我青兒難以捱過，倘被官人看破，不當穩便。（旦）我亦如此。我且在床少睡，只推身子不好。你過了午時，隨即就來。（貼）曉得。只為根基淺，專怕午時長。（下。生上）笑將琥珀傾金盞，來向蘭閨⓫勸玉人。娘子，為何獨睡在此？（旦）官人，奴家身子不快，故爾少睡片時。（生）今日乃端陽佳節，卑人備得水酒一盃，與娘子慶賞。（旦）我那有心情飲酒阿？（生）娘子，我平日見你從無不樂之容，為何今日忽有愁煩之貌？敢是卑人有甚得罪處麼？（旦）官人說那裡話來？奴家實因身子不安，官人休得見疑。（生）娘子請起來，略坐一坐罷。（旦）咳，官人執意如此，奴家只得勉

金星草。越地民間風俗，正月出遊時頭插鳳尾花。

❽ 慵邀二句：慵，懶散。鬥草，荊楚民間風俗，端陽節鬥百草為戲，競採花草，以多少優劣定勝負。纖手，女子細嫩的手。沁，滲入。

❾ 休戀二句：菖蒲，水生草本植物，根莖可作香料。北里，唐代長安妓院聚集於平康里，位於城北，故稱北里，後用以借稱妓院。蹴，踢。

❿ 雄黃酒：放入雄黃的酒。雄黃，礦物名，可作燃料、煙火，中醫用於解毒殺蟲。民間風俗端陽節須飲雄黃酒。

⓫ 蘭閨：同「蘭房」。美稱女子的居所。

強相陪便了。（生）韶光似瞬⑫，我與你棄擲，一刻千金心奚忍。（旦）哎喲！（生）既是娘子身子不快，待卑人與你診一診脈氣如何？（旦）多謝官人！（生）妙阿！我愛你素手摻摻⑬，

【絳都春】笑漫比春蔥春筍。還憑四診，分明是夢蘭佳兆，說與卿也應微顰⑭。

（旦）脈氣如何？（生）恭喜賀喜！（旦）喜從何來？（生）且喜娘子，身懷六甲⑮了！（旦）不信有這等事。（生）那內經⑯上說：婦人少陰脈動甚，孕子也。正合娘子今日之脈，此酒一定要喫的！（旦）且慢。（生）娘子就當做喜酒了。（旦）多謝官人美意，奴家病軀，不能奉陪。（生）這是喜酒，一定要喫的。（旦）請官人自己開懷暢飲罷。（生）娘子若果不喫，卑人也不喫了。（旦）既如此，待奴家勉強飲一盃。（生）多謝娘子，請。（旦飲喝介。生）乾。（旦）哎喲，哎喲！（生）娘子為甚麼呵？

【鬧小樓】【鬧樊樓】（旦）咳，我為你多情常抱多愁分，便一盞芳醪⑰懶嘗，不使絳⑱唇

---

⑫ 瞬：轉眼；眨眼。比喻快速、短促。

⑬ 素手摻摻：纖細白嫩的手。

⑭ 還憑三句：四診，中醫的四種診病方法，即望、聞、問、切四法。夢蘭，左傳宣公三年載，春秋時鄭文公妾燕姞夢見天使贈予蘭花，生下穆公，名之曰蘭。後因稱懷孕得子為「夢蘭」。微顰，微笑。顰，音ㄓㄣˇ。

⑮ 身懷六甲：懷孕。

⑯ 內經：古醫書。

⑰ 醪：酒釀，引申指酒。

光潤。跳脫金寬褪⑲，肌玉暗消損。【下小樓】你試把我浮沉看準，休胡亂說道重身⑳。

（生）卑人診脈，一定不差的。（旦）哎喲！（生）娘子卻是為何？（旦）官人阿，奴家坐臥不寧，實不能相陪，要去睡了。（生）既如此，不必勉強，待卑人扶娘子安寢了罷。（旦）如此甚好。

【鮑老滴溜】【鮑老催】（生）一霎時花愁柳困，卻緣何眉峰雙黛顰㉑？不道你粧殘帶病更愛煞人。娘子，請安睡好了，待我去叫青兒煎好茶，拿來與你喫。（旦）多謝官人！（生）咳，這是甚麼緣故？（下。旦）阿呀，哎喲！你看許郎已去，方纔被他再三相勸，勉強飲了雄黃酒，這會兒我身子好不安寧也！【滴溜子】此際難支困頓，（浪介）阿喲！阿喲！奈他強逼奴金尊共引㉒。哎喲！哎喲！（浪介）咳，坐臥難寧，起無端垢釁㉓。

阿喲！（睡介。生持盃上）

【滴滴雙聲】【滴滴金】看他如凝似醉心憐憫，特把一盞香茶來問訊。不知可曾睡熟？娘子起來請茶！（掀帳介）阿呀，驚死我也！因何變做蟠身掉舌㉔風流盡？哎呀！（倒介。貼上）

---

⑱ 絳：深紅色。

⑲ 跳脫句：手鐲寬鬆卸下，比喻人消瘦。跳脫，手鐲。寬，鬆開。褪，卸下；解開。

⑳ 你試把二句：浮沉，中醫指脈象。重身，指懷孕。

㉑ 雙黛顰：黛，古代女子畫眉用的顏料，借指女子的眉毛。顰，皺眉。

㉒ 引：舉杯而飲。

㉓ 垢釁：禍患。

好了，午時已過。房中為何亂喊？待我看來，阿呀，不好了！官人為何倒在地下？氣多沒有了。噯，想是娘娘醉後露出原形，把官人嚇死了。待我問來，娘娘，娘娘！（旦）阿喲！（貼）啐，我方纔怎生囑付你，如今弄出事來了，還不快醒來！（旦欠伸介）好睡阿！（貼）好睡，好睡，只怕你要懊悔！（旦）懊悔甚麼來？（貼）你方纔醉後露出真形！（旦）低聲。（貼）把官人嚇死在地，再叫不醒了。（旦）阿呀，有這等事，如今在那裡？（貼）這不是。（旦慌抱生介）許郎，許郎！（貼）官人！（旦）許郎甦醒！我與你是天緣宿世分，**【雙聲子】便醉裡現原身，現原身也，三生恩愛，何必太驚人？**

許郎甦醒！（貼）官人醒來！阿，娘娘，這便怎麼處？（旦）不必驚慌，我和你且把官人扶到床上，安睡好了，再作區處㉕。（旦、貼）阿呀，官人阿！（扶生下。貼）娘娘，怎生想個法兒，相救官人纔好？（旦）青兒，我別無計策，只得往嵩山南極仙翁處，求他的九死還魂仙草到來，這便官人纔有生路。（貼）如此甚好。我想南極仙翁道行非常，況有白鶴童兒，甚是利害，娘娘此去，如何便能得此仙草？（旦）不妨。我向在西池竊食蟠桃，自有蓮花護體，決不傷性命。我此去自將善言相求，你在家須小心看守，若將魂魄驚散，就難相救了。（貼）曉得。（旦改道裝介。貼）但不知娘娘歸期何日？

㉔ 蟠身掉舌：盤曲身子，吐著舌頭。

㉕ 區處：處理。

【尾聲】（旦）我此行迢遞難辭困，（貼）休使我眼穿還久等。（旦）青兒阿，只要你看守我的郎君一兩晨。

（貼）嗄。（旦先下）

玉腮珠淚灑臨岐㉖，（曾季衡）箕帚盧郎恨已遲。（耿玉真）

誰道五絲能續命，（萬楚）一堪成笑一堪悲。（楊太真）

㉖臨岐：分別。

第十七齣 求草

【中呂引子・粉蝶兒】（丑上）鶴骨松心❶，光采似雲英❷化水。任逍遙，煮石芸芝❸。捧龍泉❹，持鳳箒，百般伶俐，更閒時插朵山花叉髻。

（集唐）水激丹砂走素麟❺，奇花好樹鎮❻長春。堂中縱有千般樂，爭及❼仙山出世人。俺乃南極仙翁座下白鶴童兒是也。我師父已赴蟠桃大會去了，著我在山看守洞府。此時恐師父回來，只得在此伺候。你看嵩山，果然好景致也！只見群峭摩天，縈青繚白。飛泉噴壑❽，漱玉跳珠❾。

---

❶ 鶴骨松心：形容道家的清高悠閒的氣質與心境。

❷ 雲英：即雲母，礦物名。

❸ 煮石芸芝：道家辟穀，煮白石、芸草、芝蘭為食物，以求成仙。

❹ 龍泉：劍名。據晉書張華傳載，張華見斗、牛二星間有紫氣，遣人在豐城獄中掘得龍泉、太阿二劍。

❺ 水激句：意謂水沖著丹砂，像白色的麒麟在奔馳。丹砂，即朱砂，礦物名。素，白色。麟，即麒麟，傳說中的神獸。

❻ 鎮：整；全。

❼ 爭及：怎比得上。

參差菌閣星羅，緲縹瓊軒霞構⑩。閒馴白鹿，銜芝草以遨遊；悶看青禽⑪，啄嬌枝而漫戲。摘不盡玉李仙桃，描不出名山福地。真個碧砂洞裡乾坤大，白玉壺中日月長。你看一片祥雲仙樂之聲，想是師尊回府，不免向前迎接。正是：遼東老鶴⑫應慵惰，侍從皆騎白鳳凰。（下）

【中呂過曲・攤破地錦花】（外南極、淨、副淨、末引眾上。合）笑歸遲，洞門前竟落盡碧桃花矣。一步步兒，雲程疾，回望處漸隔西池。（丑上）弟子迎接師父，並眾位大仙。（外）吾乃南極仙翁是也。（淨）小仙鹿雲西。（末）貧道葉法善。（副淨）下官太中大夫東方朔。（外）今日因赴蟠桃大會，多承列位大仙送我還山，只是不當。（眾）豈敢！小仙等告辭。（外）既到荒山，且請洞府少坐。（眾）使得。（外）鶴童，我同眾位大仙在裡面下棋，你在山前看守者。（丑）曉得。（下。外）列位請。（眾）請。（合）一片閒心，數著殘棋。有誰知，忘動靜，理玄微⑬。

（同下）

【迎仙客】（旦上）百忙裡暗思惟，如耽阻怎調治？願青青家內好扶持，向仙山電掣風

---

⑧ 壑：山溝。

⑨ 漱玉跳珠：形容泉水流動，似閃爍的珍珠。

⑩ 參差二句：參差，長短、大小不齊。菌閣，形似菌姑的樓閣。瓊軒霞構，泛指精美的樓宇。

⑪ 青禽：神話傳說中的神鳥。

⑫ 遼東老鶴：遼東人丁念威學道於靈虛山，學道成仙後，化作白鶴回到家鄉。見搜神後記。

⑬ 忘動靜二句：忘掉眼前的事物，領悟深奧微妙的道理。

馳，猶兀自心急恨行遲⓮。

奴家只為許郎，來此嵩山，求取仙草，未知若何？妙阿，果然好所在也。你看：（集唐）峰嶂徘徊霞景新，露苗烟雨滿山春。穿花渡水來相訪，惟有人間煉骨人⓯。（丑上）只在此山中，雲深不知處。（旦）呀，你看鶴童在那邊，待我上前相見。（丑）何處有蟒蛇之氣？待我到山前去看來。（旦）鶴童哥稽首。（丑）你是竊食蟠桃的白蛇，向在連環洞修煉，到此何幹？（旦）鶴童哥，小道無事不敢輕犯仙山，向聞洞府有九死還魂長生仙草，特來寶山相求，鶴童哥方便些須，感激非淺！（丑）哇，你這孽畜好大膽！仙草乃鎮山之寶，怎肯輕易與你！速離此山，方保性命。（旦）阿呀，我將好言相求，你怎便出口傷人？（丑）呔，孽畜，還敢胡言，我因念你修煉千年，不肯傷汝，若再遲延，教你性命不保！（旦）鶴童休得無禮，我既到此，何懼於汝，好好將仙草與我，萬事全休。（丑）若無便怎麼樣？（旦）管教你師徒每，俱不得太平！（丑）孽畜，好生無理，俺來擒你也！

【太平令】（丑）那怕你當道施威，看俺學取劉邦劍⓰一揮。（旦）狂言唐突真堪恨，休怪我不饒伊。

⓮ 向仙山二句：電掣風馳，形容快速。掣，閃過。兀自，還；仍然。

⓯ 煉骨人：修煉至深的人。

⓰ 劉邦劍：史記高祖本紀載，相傳劉邦為赤帝化身，曾有白蛇當道，劉邦揮劍斬之，後遂得天下。

（戰介，丑敗，旦追下。外、眾上）透出兩儀，麗於四極。號曰環中，退藏於密⑰。（丑上）哎喲，師父不好了！（外）為何如此慌張？（丑）弟子奉師父之命，往山前山後巡視，不想有一白蛇，要竊山上的還魂仙草，弟子不肯與他，兩下爭鬥，反被他一劍，傷其左臂。（外）有這等事！快將丹藥調治去。（丑應下）（外）列位且請少坐，待我出去看來。（淨）仙翁，我想這孽畜有甚本領，何勞仙翁自往，待小仙前去擒取此妖便了。（外）如此有勞。（眾）須要小心。（淨）請少坐，俺去就來。（下。外）你看鹿雲西已去，我等往山頂觀看如何？（眾）有理。請。

【紅芍藥】（合）**看擾攘殺氣橫飛，蕩芳塵未決雄雌。恐鶴夢⑱驚迴，掠山翠，發千鈞鼷鼠⑲應難避。蜿蜒只好草底馳，敢相凌道高一尺⑳。且從容壁上觀㉑之，管教他漸漸的妖風轉北㉒。**

---

⑰ 透出四句：佛家修煉的途徑，意謂看得深遠，擺脫世間的紛擾，在幽靜之處靜思修行。兩儀，指天地。麗，附。四極，四方極遠處。環中，莊子謂取消一切是非差別，不使事物對立是道的關鍵，掌握這一關鍵，就像處於圓環的中心，故稱環中。密，靜默無聲。易：「聖人以此洗心，退藏於密。」

⑱ 鶴夢：超脫凡塵的夢想。

⑲ 鼷鼠：小家鼠。

⑳ 敢相句：凌，超過。道高一尺，佛教語。指修行達到一定的程度。

㉑ 壁上觀：在一旁坐觀他人相爭而不插手干預。

㉒ 北：敗。

【好孩兒】（旦上）紅濺了玄裳縞衣㉓，那怕你豎飛橫飛，聳身追趕肯稽遲㉔？（淨上）呔，孽畜休趕，俺來擒你也。（旦）呀，原來是鹿仙翁，因何到此？（淨）你這孽畜，有甚本領，輒敢有犯仙山，擅傷白鶴童兒，是何道理？（旦）大仙，我只為求仙草而來，百般相懇，他便出口傷人，故爾爭鬥。（淨）哇，還敢胡言，俺奉南極仙翁之命，特來擒你！你巧言詞，太無知。鶴童擅敢傷彼臂，鶴童擅敢傷彼臂。

（殺下。眾）你看鹿仙翁已退下去也。（副淨）好惱，好惱！待我前去擒此孽畜便了。（外）如此甚好。（末）須要小心在意。（副淨）疥癬之疾㉕，何足道哉？（下。外）這孽畜好生無狀也！

【榴花泣】【石榴花】（外）潛身入草傍瑤池，蟠桃竊食犯條規，連環匿影向峨眉。今朝到此，赴壑欲何之㉖？

（淨。敗上。旦、副淨殺下。外）呀，葉仙翁，你看東方曼倩也被妖魔追下去了。

【泣顏回】東方更奇，你曾誇賁育㉗。今何意，任么麼㉘一味胡為？難道是沒奈何他率

㉓ 玄裳縞衣：黑色裙子，白色衣服。

㉔ 稽遲：拖延；停留。

㉕ 疥癬之疾：輕度的皮膚病。比喻無關緊要的小毛病、小問題。

㉖ 之：往；到。

㉗ 賁育：戰國時秦武王有壯士名孟賁、夏育，後因以賁育泛稱勇士。

㉘ 么麼：猶妖魔。

然首尾㉙？

（淨、副淨上）阿喲，此妖好生倔強，不能收伏。（末）東方大仙法力最高，為何反輸與此妖？（副淨）我何嘗輸與他？只為那蛇腥氣沖人欲倒，是以急急迴避。欲待飛劍斬之，又可憐他初得人身，有傷好生之德㉚。（末）鹿仙翁又因何退避？（淨）我因他是東方仙翁的同道，故此讓他些兒罷了㉛。（副淨嚷介）他是妖魔，我如何與他同道？（淨）他在瑤池竊食蟠桃一次，不是你同調，是我同調？（眾笑介。副淨）阿呀，好胡說的話！（末）你兩人休得鬥口，多是沒用的東西。禪家㉜要降龍伏虎，一條小小白蛇，二位大仙就沒奈他何？（淨、副淨）休要取笑，待我二人再去擒來就是。（末）不必，待貧道略施法術，處他何如？（外、眾）願聞。（末）我遣神將在山前擺一八陣，再著白鶴童兒引入傷門。我將巖前大石一指，變作雄黃山一座，輕輕將此妖壓住，問他敢犯仙山，如此無狀麼？（眾）葉仙翁有照妖鐵鏡，為何不用？（末）我那鐵鏡利害，此妖數不當絕㉝，故爾排陣降他，聊博諸公一笑耳。（外）妙阿，妙阿！鶴童你前去引他

㉙ 率然首尾：率然，神話傳說會稽常山中的一種蛇。神異經西荒經載：「人物觸之者，中頭則尾至，中尾則頭至，中腰則頭尾並至。」

㉚ 好生之德：愛護生靈的德行。

㉛ 我因句：東方仙翁，即東方朔，漢武帝時人，為中大夫，性詼諧，神話傳說後來得道成仙，曾三次偷吃西王母的蟠桃。白娘子也曾偷吃西王母的蟠桃，故稱「同道」。

㉜ 禪家：佛教徒。

入陣者。（丑應下。末）眾神將何在？（內應介）來也！（神將上，擺陣介）

【駐馬摘金桃】【駐馬聽】（合）小小蛇兒，膽敢仙山徹探窺。那識仙家悲憫，不使神通，不肯傷伊。你便有螣蛇㉞乘霧那般奇，那知吾袖裡青蛇更異。試看陣雲低，【犯】教他進也昏迷，退也昏迷，偏無足奔馳，便最毒也難施。

（旦、丑殺入陣，末指壓旦介。旦）大仙饒命阿！（外）唗！孽畜，你不過小小妖蛇，輒敢犯我仙山，索取仙草，今已被擒，更有何說？（旦）哎呀，列位大仙在上，非奴敢犯仙山，只為臨安許宣，大難臨身，為此特到寶山拜求仙草，望大發慈悲，乞賜些須，救其一命！（外）原來如此。何不好好相求，輒敢無理！也罷，鶴童取一莖仙草與他，饒他去罷。（丑應下。旦）多謝大仙！（丑取草上，旦接下。末）神將速退。（雜應下。眾）仙翁，此妖既已被擒，為何反放了他去？（外）他丈夫許宣，乃世尊座前一捧缽侍者，與此妖原有宿緣，故降生臨安，了其孽案。今被他驚死，看世尊之面，理應救之。這妖日後自有法海禪師收取。（眾）原來如此。我等告辭。

【紅繡鞋】（合）略施八陣元機，元機，指揮巖石齊飛，齊飛。壓著他全在不經意。四條縱似井中時，也教魂斷向魚麗㉟，也教魂斷向魚麗。

㉝ 數不當絕：命不該完。數，命運；氣數。

㉞ 螣蛇：神話傳說中一種會飛的蛇。

㉟ 魚麗：古代戰車的一種陣法。

【尾聲】返魂靈草非輕賜，也只為存心周濟。（外）你諸位呵，得暇還來共下棋。

請了！（淨、副淨、末先下）

（丑）力窮難拔蜀山蛇，（李商隱）神草延年出道家。（皮日休）

（外）弓斷陣前爭日月，（靈一）為求遺鏃㊱辟魔邪。（薛能）

㊱遺鏃：殘剩或損折的箭矢。鏃，箭矢。

第十八齣　療驚

【商調引子・三台令】（貼上）娘行此去逗留，望穿家裡雙眸❶。靈藥恐難求，好教人輾轉心憂。

人無遠慮，必有近憂。我青兒，為何說此兩句？只為我娘娘前日慶賞端陽，悞飲雄黃酒，露出真形，把官人嚇死，難以救轉，只得往嵩山求取仙草，前來相救。未知此去若何？教我獨自看守官人，好不耐煩人也！

【集賢賓】淒涼獨倚小窗幽，恨無端貪酌新篘❷。飛禍驚心皆自取，看牙牀❸魂魄悠悠。燈昏暗守，心惻惻數盡了譙樓更漏❹，娘娘呵，去已久，求仙草未知得否？

（旦上）冒險求仙草，忘身急藁砧❺。青兒開門。（貼）敢是娘娘回來了？（旦）正是。（貼）仙

❶ 眸：指眼睛。
❷ 篘：本指濾酒，此借指酒。
❸ 牙牀：鑲有象牙雕刻的床。
❹ 心惻惻句：惻惻，悲痛貌。譙樓更漏，譙樓上發出的更鼓聲。譙樓，古代城門上用以瞭望的樓閣。

草有了麼？（旦）有了。（貼）好阿！（旦）官人怎麼樣了？（貼）娘娘去後，我青兒小心看守官人。（旦）不妨事麼？（貼）好生安睡在床。（旦）既如此，你快把仙草煎好，與官人飲下。

（貼）曉得。（下。取爐罐上煎介。旦看生介）許郎，奴家為了你，是：

【二郎神】擔憂，為你消瘦，心中自尤，不憚衝鋒冒險求❻。（貼）娘娘阿，**悔端陽滯酒。**

（旦）**到今悔也靡由，我險在嵩高一命休，覷伊行不覺淚珠流。**（貼）娘娘，仙草已煎好了。（旦）如此，和你扶起官人，把藥灌進便了。（貼）阿，官人，娘娘求取仙草在此，請起來服之。（旦）扶好了。官人，官人，請用一口兒噓！呷❼一口。青兒，好了。**霎時間響處，涓滴透重樓❽。**

官人甦醒！（生）哎喲！（旦）好了！（貼）便是。

【琥珀貓兒墜】（生）**嚇得我魂飛魄散，一命料難留。**（旦）許郎阿，奴家在此。（生）阿喲，**戰篤速❾的，一見真成宛轉愁。**（旦）阿呀！許郎！**芳盟沒齒結綢繆❿，休憂，和你恩愛**

---

❺ 藁砧：藁，稻麥的稈。砧，砧板。古代執行死刑時，將犯人墊槁伏於砧上，用鈇斬之。鈇與夫諧音，故舊時婦女以槁砧隱稱丈夫。

❻ 心中二句：自尤，怪罪自己。尤，過失；罪過。憚，害怕。

❼ 呷：喝；飲。

❽ 涓滴句：涓滴，細小的水滴。重樓，中醫稱咽喉。

❾ 戰篤速：戰戰兢兢。

夫妻，總恩情如舊。（扶生下介）

藥杵聲中擣殘夢，（李洞）此生終不負卿卿⓫。（油蔚）
百年膠漆⓬初心在，（白居易）夜半人扶強起行。（無名氏）

---

❿ 芳盟句：沒齒，終身；一輩子。綢繆，情意深厚。
⓫ 卿卿：夫妻間的愛稱。
⓬ 膠漆：比喻愛情堅貞牢固。

第十九齣　虎　阜❶

【商調過曲・貓兒墜】（淨、外上）官司緝匪，火急敢逗遛，捕影撈風何處有？我每吳縣捕快便是。奉總捕老爺鈞票，緝拿蕭太師府中八寶明珠巾一案的贓賊，遍處察訪，並無踪影。今已三限，如何是好？（外）哥阿，聞得虎邱桂花大開，不免前去走走，倘或有些消息，亦未可知。（淨）說得有理。走阿！（合）繡巾八寶是誰偷？堪愁。準備皮膚，毛板兒抽。（同下）

（生上）（集唐）日帶殘雲一片秋，故園何處此登樓。（旦上）相如若返臨邛肆❷，誰羨當時萬戶侯？（生）娘子，卑人聞得虎邱桂花大放，遊人甚多，意欲往彼一遊，未知娘子容否？（旦）秋色宜人，正該遊玩，待我喚青兒取衣巾，與你更換前去。青兒，你在我箱籠內，取官人的新衣服，和八寶明珠巾出來。（貼）曉得。（上）娘娘，衣服在此。敢是官人要往那裡去麼？（旦）正是，要往虎邱遊玩。（貼）好呵。（生）請問娘子，此巾是那裡來的？卑人從來未見。（旦）這巾兒麼，是奴家親手所製。這八寶明珠，是我先人遺下的。你看這般秋涼天氣，正好冠帶❸。

❶ 虎阜：即虎丘，在蘇州西北。阜，土山。

❷ 相如句：相如，即司馬相如。司馬相如與卓文君私奔後至臨邛開酒店。

（生）娘子，此巾只怕卑人戴不得。（旦）說那裡話來？你這等青年，知書識禮，怎麼說戴不得？（貼）官人，快請更換起來。（旦代生穿戴介）

【集賢賓】（旦）西風桂子香韻幽，莫虛負清秋，濯濯王恭❹姿勝柳，墊巾時越覺風流。（貼）山塘碧皺，喜正是閒遊時候。（合）還記取，更扳折轉來同齅。

（生）娘子，卑人暫辭。（旦、貼）官人須早些回來。（生）曉得。（下。旦）青兒，你看我官人打扮起來，好似潘安再世，宋玉❺重生，果然好齊整也。（貼）正是。若是官人容貌差些，你怎肯與他，與他……（旦）胡說！（貼笑隨下）

【黃鶯兒】（末、雜上）爽氣四郊浮，向山塘正仲秋，綠雲金粟❻濃如酒。（生上）王孫浪遊，山僧倚樓，衣香一陣飄紅袖。（合）任淹留❼，遺鈿拾取❽，腸斷許多愁。

（末）請了。虎邱桂花，十分茂盛，我們往彼一遊，也不負此良辰美景。（眾）便是，就請同行。

---

❸冠帶：此指戴帽子。

❹濯濯王恭：神態清朗如王恭。濯濯，光亮，清朗貌。據晉書王恭傳載：恭美姿儀，人多愛之，看到他後都說：「濯濯如春月柳。」

❺宋玉：戰國楚國人，屈原弟子，辭賦家。

❻金粟：指桂花。意謂桂花的花蕊似金色的穀子。

❼淹留：停留；延遲。

❽遺鈿拾取：喻指遇到遊春的美女。

【二郎神】（生）權消受，澹秋容遙山碧瘦，陣陣天香雲外逗。歎真娘有墓❾，闔閭❿劍去空邱，不及那宅捨珣琚鐘梵奏，化城開千秋似舊⓫。（合）頻迴首，好林泉笙歌到處勾留⓬。

【簇御林】（老旦、貼、小旦上）新粧好，稱閒遊。蕩湘裙，月半鉤，雙蛾翠奪雲邊岫⓭。怪蕩子相先後，驟驊騮⓮。橫波偷覷，卻早又含羞。

（貼）你看果然好熱鬧也！（眾）前面已是虎邱了。那邊甚是鬧熱，不免上前一看。（副淨、丑上）江湖浪蕩過光陰，巧語花言無比倫⓯。列位，我每在這裡撮⓰個戲法，與眾位爺們瞧瞧。撮得好，賞我幾個錢兒，如撮得不好，一個小錢兒也不要，只是列位爺請讓讓。常言戲法無真，

❾ 真娘有墓：真娘，唐代吳地名妓，死後葬於吳宮之側，墓在今蘇州虎丘西。

❿ 闔閭：春秋吳王，與越王句踐戰，兵敗傷指而死。

⓫ 不及二句：珣琚，玉石。鐘梵奏，指佛寺鐘聲。化城，佛教語。指受到如來教化之地，此指寺廟。開，開朗；明朗。千秋，千年；永遠。

⓬ 勾留：吸引；停留。

⓭ 雙蛾句：意謂漂亮的眉毛與遠山爭翠鬥豔。

⓮ 驟驊騮：騎著駿馬奔馳。驊騮，赤色駿馬。能日行千里。

⓯ 比倫：即倫比。相當；匹敵。

⓰ 撮：撮弄；變幻。

黃金無假。那知戲法卻有真，黃金亦有假。看的要眼快，做的要手快。（隨意撮戲法介。淨、外上。外）哥阿，你看那人頭上戴的，有些來歷。（淨）不要管，上前一看，便知明白。（外）一些也不差，拿下了！（各旦、副淨、丑驚下。生）住了，為何拿起我來？（眾）卻是為何？（淨、外）你這賊徒，好大膽，真贓現在，還要嘴硬麼？（生）有何贓證？（眾）你每休得要認差了人阿！（淨、外）怎得有差？我每呵！（眾）唔。

【梧葉兒】（淨、外）**承硃票，命潛搜**。（眾）所為何事？（淨、外脫衣巾介）**因蕭府賊囚偷**。（眾）**你把平人枉陷，律難寬宥**⑰。（淨、外）我每奉總捕老爺鈞票，捕捉蕭太師府中盜去八寶明珠巾的贓賊。現今你穿戴的，與失單無二，還有何說？（眾）原來如此。（生）列位，不要聽他，此巾是我房下親手製的，怎麼說是贓物？（淨、外）賊徒不必多講，是不是，去與蕭府管家一看，便知端的。（生）哇，狗才！你每誣陷良民，當得何罪？（淨、外）你再不走，我每要動手了。（眾）兄既不是，同去一認何妨？（淨、外）**實證難搜，你自去衙門辯剖**。（拉生下。末）好奇怪，我看此生，斯文一脉，難道行此歹事？（雜）這是他自作自受，管他則甚？我每且到山上一遊，有何不可？（末）使得。（眾）請。（行介）

⑰寬宥：原諒；赦罪。

【尾聲】（合）為尋秋，遭緝取，笑今日的同行我輩羞。誰教他學取狗盜雞鳴⑱，辜負了折桂偷花手⑲。

⑱狗盜雞鳴：史記孟嘗君列傳載，戰國齊國孟嘗君好養士，一次在秦國被扣，一個門客裝狗夜入秦宮，偷出已獻給秦王的狐裘，轉送給秦王的愛妾，孟嘗君得以獲釋；另一門客學雞鳴，騙開函谷關，得以逃回齊國。後以雞鳴狗盜喻指不三不四之徒或卑下的手段。

⑲辜負句：意謂有辱文人的身分。晉書郤詵傳載：「（詵）累遷雍州刺史，武帝於東堂會送，問詵曰：『卿自以為何如？』詵對曰：『臣舉賢良對策，為天下第一，猶桂林之一枝，崑山之片玉。』」後因以「折桂」喻指科舉及第。

第二十齣 審配

【南呂過曲・香柳娘】（雜解子❶隨生上。生）恨吾生數奇，恨吾生數奇❷，禍來神昧，萍踪浪打知何際？（雜）你心中慘悽，你心中慘悽，官法屢阽危❸，好事成虛事。（生）歎今朝噬臍❹，歎今朝噬臍。（合）悔也應遲，冤家前世。

（生）我許宣，昨日在虎邱遊賞，只道領略秋光，不意橫遭飛禍。幸遇總捕李老爺，原任錢塘令，為失去庫銀一案，曉得白氏妖變根由，問我寶巾來歷，我一一供明，不曾動刑，即刻親領衙役，到我家中，打將進去，白氏、青兒已不知去向。因此即備名帖，將寶巾送還蕭府說明就裡❺，從寬發落。又道我若在蘇，再被此妖纏擾，決無生理，故此將我暫配鎮江為民，一則消卻寶巾之案，二來可避妖魔。限我即刻起身，不許停留。阿呀，皇天那！不想我許宣，又遭此

---

❶ 解子：解押犯人的差役。
❷ 數奇：命運不順。奇，音ㄐㄧ。
❸ 阽危：危險。
❹ 噬臍：口咬肚臍，夠不到，比喻後悔不及。
❺ 就裡：其中的情況。

一場是非也！（雜）許宣，你若不遇我老爺，性命決然休矣！（生）是呀。

【前腔】這蕭墻禍奇❻，這蕭墻禍奇，一朝三褫❼，不逢明鏡妖難避。（雜）賴官星照伊，賴官星照伊，立刻辨妍媸❽，不然命休矣。（末急上）許官人慢行，老漢在此送你，失路實堪悲，失路實堪悲，舊雨分飛，趕來相濟。

（生）阿呀，老丈，這是那裡說起？（雜）你兩人在此少敘，我每也去收拾些行李，就在前面酒店相候，好打中伙❾。（末）如此甚好。（雜下。末）許官人，老漢當初只道是好女子，勸你成親，那知是花月之妖，反遭其害，此皆老漢之過也！（生）說那裡話？這都是我前世冤孽所招。（末）許官人，你寓在我家，與老漢甚相契合，後來雖是遷開，往還如親戚一般。不想今日有此遠行，如何是好？（生）小可在此，多蒙老丈相待，此恩此德，何日得報？（末）我與令姊丈是至交，休如此說。但你到鎮江，舉目無親，甚為不便。老漢有一親戚，姓何表字仲武，人皆稱他做何員外，祖居在鎮江府中市街。我寫書薦你，凡事託渠照拂，他必然青目❿。（出書

❻ 蕭墻禍奇：蕭墻禍，指家庭內部的禍害。蕭墻，遮擋大門的牆，喻指內部。

❼ 褫：剝去衣服。古代行刑時先將犯人衣服剝去，然後動刑。

❽ 妍媸：美和醜；好與壞。

❾ 打伙：在途中用餐。

❿ 青目：也作「青眼」。眼珠在中間，正眼看人。據晉書阮籍傳載，阮籍能作青白眼，見嵇喜來，不懌，以白眼對之；見嵇康來，大悅，以青眼對之。後因以青目、青眼比喻對人重視、喜愛。

介）還有碎銀幾兩，聊為路費，請收了。（生）多謝老丈，如此用情！書收下了，此銀斷不敢領。（末）家貧不是貧，路貧貧殺人。休得固辭。（生）如此多謝，小可⓫就此拜別。（末同拜介）

【前腔】（生）謝仁人解推⓬，謝仁人解推，憫窮噓悴⓭，臨岐感荷多高誼。（末）悵匆匆遠違，悵匆匆遠違。飄梗⓮欲何之，江雲渺無際。（合）且踟躕⓯暫離，且踟躕暫離。執手問前期，未知何日遂？

（生）老丈請回罷。（末）再送一程，到前面酒肆中，草酌三杯相餞。（生）不消了。（末）一定要的。（生）既如此，請。

（生）天人不可怨而尤，（賈島）去國長如不繫舟⓰。（李白）
（末）何罪遣君居此地，（白居易）莫辭尊酒暫相留。（牟融）

⓫ 小可：對人謙稱自己。
⓬ 解推：解衣推食。指施予恩惠。
⓭ 憫窮噓悴：關心、同情別人的困苦。
⓮ 飄梗：同「斷梗」。漂泊不定。
⓯ 踟躕：猶豫不定。
⓰ 去國句：去國，離開故鄉。不繫舟，莊子列禦寇：「飽食而遨遊，泛若不繫之舟，虛而遨遊者也。」比喻漂泊不定。

第二十一齣　再　訪

【南呂過曲・一江風】（旦、貼上）為情濃，誰料將他葬送。憶別心兒痛，淚珠湧。踏遍蒼苔，劃遍欄杆，天際秋雲擁。（旦）青兒，我那日一時昏昧，悞將孩子們獻的八寶明珠巾，與官人戴了，往虎邱遊玩，誰知反貽禍於他。卻幸官府從寬發落，暫配鎮江。又蒙王敬溪修書，薦在何員外處安身，我方纔放心。我和你竟往鎮江，去尋他便了。（貼）娘娘，我想官人，被你幾番遺害，只怕今次見面，不肯廝認，如何是好？（旦）不妨，到彼我自有處。（貼）既如此，我們作速前往便了。（合）今番若再逢，今番若再逢，怕他不允從，怎撮合鸞和鳳？（同下）

【大砑鼓】（淨上）生來命運通，楊朱學問，端木家風，罔利精求壟❶。只愁獅子在河東，到底還悲伯道同❷。

❶ 楊朱三句：楊朱，戰國時思想家。端木，即孔子弟子子貢，姓端木，名賜。善經商。罔利精求壟，意謂搜尋能獲得高額利潤的商品。孟子公孫丑下：「有賤丈夫焉，必求龍（壟）斷而登之，以左右望而罔市利。」罔，搜求。壟，壟斷。

❷ 只愁二句：獅子在河東，據宋洪邁容齋三筆陳季常載，陳慥（字季常）居黃州之歧亭，自稱龍邱居士。其妻

百計經營無已時，田莊廣殖❸擁高資。癖同和嶠從人笑，褊甚唐風任我為❹。學生姓何名斌，表德❺仲武，祖居鎮江。所喜者，家中錢財廣有；所恨者，膝下兒女全無。幾回欲娶，（看內介）咦，嘻嘻，欲娶一妾，爭奈老荊不從，如之奈何？昨日有事出外，小廝說有位姓許的從蘇州來拜，捎有王敬溪書札。我拆開看時，原來那許宣被妖遺害，發配在此為民，書上再三相託，說他為人方正❻，要我照看一二。我想一來敬溪相薦，二來我店中乏人，正好兩全其美。昨日因我未回，他在飯店中住下，我已著小廝❼去請，為甚還不見來？（末上）許官人，這裡來。（生上）休提狼狽愁千種，且傚鷦鷯借一枝。（末）員外，許官人來了。（淨）阿，許兄！（生）員外，員外請上，晚生有一拜。（淨）學生也有一拜。（生）輾轉風塵塞馬❽機，他鄉賢主喜相

柳氏絕兇妒，故東坡有詩云：「龍邱居士亦可憐，談空說有夜不眠。忽聞河東獅子吼，柱杖落手心茫然。」柳氏為河東人，陳季常喜談佛，佛家以「獅子吼」比喻佛的威嚴，故蘇東坡以「河東獅子吼」嘲之。後人因以「河東獅吼」指悍婦發怒或男子懼內。

❸ 廣殖：擴大經營，多獲利潤。

❹ 癖同二句：和嶠，晉書杜預傳載，杜預嘗稱：「王濟有馬癖，和嶠有錢癖。」武帝聞之，問他：「卿有何癖？」杜預對曰：「臣有左傳癖。」褊，狹小。唐風，唐堯儉樸的遺風。

❺ 表德：即表字。舊稱人之字。

❻ 方正：正直。

❼ 小廝：年幼的僕人。

依。（淨）人生四海皆兄弟，蓬蓽生輝❾不我違。（末下。生）昨日到府奉拜，值員外公出未回。（淨）豈敢，失迎了。敬溪書上，道兄少年英俊，練達老成❿。今見吾兄，誠非謬矣！（生）不敢，晚生多蒙令親照拂，又承修書薦拔⓫，感激非淺。（淨）聞得吾兄被妖遺害，乞道其詳。

（生）員外，一言難盡。（淨）願聞。

【南呂・古梁州】（生）愁懷萬種，無端罹訟⓬，都為妖魔播弄。前生孽重，那時悞被牢籠。一似芳心抽蕻，方寸無權，屢次遭他哄。因此上承薦來投也，乞望相容。（淨）豈敢！（生）自當結草啣環⓭報不窮。（淨）好說。（生）提此事有餘恟⓮。

---

❽ 塞馬：即塞翁失馬。淮南子人間訓載：「近塞上之人，有善術者，馬無故亡而入胡，人皆弔之。其父曰：『此何遽不為福乎？』居數月，其馬將胡駿馬而歸。」後因以「塞翁失馬，安知非福」比喻壞事有可能變好事。

❾ 蓬蓽生輝：敬語。蓬蓽，蓬草、樹枝編的門。

❿ 練達老成：熟悉人情世故，做事老練成熟。

⓫ 薦拔：舉薦；提拔。

⓬ 罹訟：遇到官司。

⓭ 結草啣環：結草，據左傳宣公十五年載，春秋時魏顆沒有遵從父親魏武子的遺囑，將其愛妾殉葬，讓其出嫁。後在與秦國大將杜回戰時，見一老人結草將杜回絆倒，秦軍大敗。在夢中，老人告訴魏顆他是魏武子愛妾之父，特來報答魏顆的恩情。啣環，據漢書楊震傳載，楊寶解救了一隻落入網中的黃雀，夜裏有黃衣童子送給他四個白玉環。後因以結草銜環比喻感恩報恩。

⓮ 餘恟：事後還感到害怕。恟，恐懼。

（淨）許兄不必愁煩，還要請教，兄與那妖相處半載，可曾見是何怪魅？（生）雖曾見來，只是至今，也不甚明白。

【前腔】情絲如蛹，誰知是危機自擁？想那日端陽呵，親睹蜿蜒神悚⑮。（淨）有這等事！（生）嚇得我魂飛疑夢。（淨）後來便怎麼？（生）誰想他寶巾遺禍重重。（淨）官府如何斷呢？（生）喜得從寬暫配，又承令親美意，賴託魚書帡幪⑯。（淨）既然是知己光臨，那不相尊奉。舍間安下暫相從，投契芝蘭骨肉同。權屈駕，話情衷。

（生）多謝員外！（末上）員外，外邊有一女子，隨一侍兒，說特來求見員外的。（淨）有甚堂客來尋我？到要出去看看。許兄失陪。（生）請便。（旦、貼上）文鴛驚浪愁相背，缺月遮雲合再圓。（淨見介）娘子拜揖！（旦）敢問足下，可是何員外麼？（淨）不敢，就是學生。（旦）聞知我官人在此。（淨）可是許兄？（旦）正是。故爾妾身特來造府。（淨）好說，請到裡面去。（貼）娘娘，我每進去看來。（淨）請，請。許兄，尊閫⑰來了！（旦）官人，你喫了苦了！

【集曲・太師令】【太師引】（生見驚介）哎呀，見妖容，陡地心驚恐！（貼）官人，娘娘是

⑮ 神悚：內心恐懼。

⑯ 賴託句：魚書，古詩十九首飲馬長城窟行：「呼兒烹鯉魚，中有尺素書。」後因稱書信為「魚書」。帡幪，帳幕，引申指覆蓋、庇護。

⑰ 尊閫：尊稱別人的夫人。

遠來阿！（淨）真個丈二和尚，摸弗著頭腦哉！（生）這冤孽為甚的時時緊從？閃得我幾番葬送，又來到鐵甕尋蹤。（旦正色介）阿！官人，奴家此來，一則為官人抱屈，欲訴無門；一則為祖遺寶巾，消歸烏有⑱。官人已經遠配，奴家又是女流，既有許多平地風波，我主婢二人，料難存活。為此不辭辛苦，涉遠而來。今日得見官人，也是死而無怨的了！（哭介。淨）許兒，既是令正⑲到來尋訪，也是美意，為何這般光景？（生）員外，不可聽他！他陷害了我剝膚憯痛⑳，這冤苦向誰來控？（旦）官人，這都是奴家命薄，以至於此。（生）只帶了你的巾兒便禍逢。【刮鼓令】你二人呵，為甚的那一日官差搜捕影無蹤？

（貼）官人，你但知其一，不知其二。我娘娘呵，

【前腔】風波意外分鸞鳳，輕跋涉只為情鍾。若說寶巾這種，天下物也有相同。（淨）是阿，天下物儘有相同的。（貼）員外，還有一說，我家官人，聽信讒言，說我家娘娘是，……（淨）是甚麼？（貼）說是個妖怪，故此相疑。如今員外在此，看他可像妖怪麼？（淨）有形有影，一點也弗像。（旦）員外，那寶巾原是先人所遺，質對㉑之時，他竟不辨別明白，就招認了，

⑱ 烏有：沒有。

⑲ 令正：敬稱別人的嫡妻。

⑳ 剝膚憯痛：極其痛苦。剝膚，剝去皮膚。喻痛苦之深。憯痛，慘痛。

㉑ 質對：對證。

又同贓官來拿奴家。幸得鄰里報知，潛身逃遁。官人那，終不然要你妻子出乖露醜，纔成體面？我為你留將體統，避含沙㉒不教巧中。還迢遞遠來過從，卻又把妖魔變幻錯怨儂。

（淨）老許，我聽尊閫這番言語，總是你自己不好。（生）怎麼說我自己不好？（淨）你既被人誣害，他是個女流，自然潛踪隱跡，怎麼聽信傍人之言，把令正這般奚落？（貼）員外說得是。

（淨）許兄，你來看噓！

【太師醉腰圍】【太師引】（淨）睹嬌容，似月姊祥雲擁，又何曾變幻潛踪。你休要狐疑不解，負綦巾宛若驚鴻㉓。【醉太平】（貼）笑渠言語太冬烘㉔。（旦）青兒，我和你千辛萬苦，尋到此間，不想官人恁般相待，使我進退無門，俺如今還要此性命何用？罷罷，不如去投江死了罷！我拚著把殘生斷送，【太師引】向閻君細訴情衷！（哭介。淨）使勿得！（生）青姐快勸住了。（貼攔介）娘娘不可如此，休得要分飛，把恩愛成空。（淨）娘子，自古人來投主，鳥來投林，縱然許兄得罪，還請忍耐，不可尋此短見。唔，老許，你少年心性，不可執迷，令正欲尋短見，倘弄出事來，悔之晚矣！（生）依員外便怎麼？（淨）依學生，上前各見一禮，

㉒ 含沙：傳說一種叫蜮的動物，在水中含沙噴射人影，人受其射而得病。故舊時常以含沙射影比喻用言語暗中影射攻擊人。

㉓ 負綦巾句：綦巾，蒼艾色的女服。驚鴻，驚飛的大雁。形容體態輕盈。

㉔ 冬烘：迂腐。

從此夫妻和睦，不得再生情變。（貼）是阿，既蒙員外如此，來來，大家向前，相見一禮罷！（淨）老許來呢！（貼）娘娘，去噓，去噓！（拜介）【帶醉行春】（合）從今後夫妻每恩重，似流鶯對語簾櫳。（淨）許兄，舍下房子儘有，請權且住下，倘薪水㉕等費，缺一少二，總在學生身上。（生、旦）如此，恩人請上，待愚夫婦拜謝！（淨）豈敢，豈敢！許兄，以後再不可多疑阿！（生）自當遵命。（合）歎前日纔怨分離，喜今宵又豁幽悰㉖。（淨下。旦哭介。生）娘子，卑人一時昏昧，有負娘子，望恕卑人之罪！（旦不理介。貼）官人，娘娘和你是好夫妻阿，不知你怎有這許多疑慮？（生）青姐，總是卑人不是了！【醉太平】朦朧，雲掩巫山十二峰，慚愧你瑤姬芳夢。【宜春令】（旦）這分明是前緣宿種，（合）今宵又入武陵溪洞㉗。

（旦）春情不斷若連環，（李頻）　　（貼）休話諠譁事事難。（貫休）

（生）領取和鳴好風景，（李群玉）　　幾多詩句詠關關㉘。（薛能）

㉕ 薪水：此指柴、水等日常生活用品。

㉖ 豁幽悰：鬱悶的心情豁然開朗。

㉗ 武陵溪洞：晉陶淵明桃花源記寫武陵漁人沿溪捕魚，來到桃花源中，見其中男女衣著皆如外人，怡然自得，自稱是先世避秦末世亂而來此定居。後因以武陵源、桃花源等喻指世外仙境或隱居之所。

㉘ 關關：鳥鳴聲。詩經周南首篇關雎：「關關雎鳩，在河之洲。」

第二十二齣　樓　誘

（淨上）哈哈，酒不醉人人自醉，色不迷人人自迷。我昨日一見白娘子之後，害得我神思恍惚，意亂心迷，有心圖他上手，卻恨無計可施。恰好今日院君❶壽誕，他夫妻二人前來祝壽。留他在內廂飲酒，怎得妙計賺❷他上手呢？嗄，有裡哉，有裡哉。那秋菊小丫頭，倒有點鬼畫符❸箇，等我叫渠出來商量商量看。秋菊那裡？（丑）來哉，員外叫我出來做啥？（淨）秋菊，我員外有件心事，搭❹唔商量。（丑）員外有啥心事搭我商量？（淨）我自從一見白娘子，不覺的十分動火。（丑）勿要說員外動火，就是我秋菊見了他，也覺動火。（淨）為此叫唔出來，替我想個一條好計策，若是到子手，我員外重重能個賞唔。（丑）原來如此。介有何難？阿，員外，有個妙計在此。（淨）那道理？（丑）員外，你先到後邊樓上躲著，待我進去，只說領他到望江

❶ 院君：古時稱有封號的婦女。也用以尊稱婦女。
❷ 賺：哄騙。
❸ 鬼畫符：說瞎話；欺騙。
❹ 搭：蘇州方言。與；和。

樓上，看看江景，引他到來。我便尋個機會，將身卸開❺。你那時走出來，將善言相求，自然成其好事。此計如何？（淨）好妙計，好妙計！我說還是唔。（丑）啐，這樣妙策，別人也畫勿出。（淨）既是介，你就去引他來，我先到樓上去等。（丑）就去。（淨）丫頭阿，我眼望旌捷旗。（丑）員外，你耳聽好消息。（淨）你就去！（丑）是哉，我就去，我就去！（下。淨）去去！哈哈！丫頭此去，一定成功。老天阿，若得此女到手，不枉我有此偌❻大家財。來此已是，待我上去。躲在夾廂❼畔等他。阿呀，就到手哉！（下。丑隨旦上。丑）娘娘，我和你到望江樓上，望望江景去。

【雙角．夜行船】（旦）花木交加麗景光，入幽深穿過迴廊。（丑）介裡是哉，請上樓去。（旦）飛閣流丹❽，曲欄遙望，好江天，丹青難狀。

（丑）那是大江，這是焦山，這邊的是金山，那隔江就是揚州了。（丑）果然好派江景也！（丑）阿呀，勿好哉，我要撒尿哉！娘娘，我到樓下去尿尿就來。（旦）如此，就來阿。（丑）就來個。（下。旦）妙阿！（集唐）高樓獨上思依依，曲島蒼茫接翠微。欲識蓬萊今便是，捲簾巢

---

❺ 卸開：退出。
❻ 偌：如此。
❼ 夾廂：過道旁的廂房。
❽ 飛閣流丹：飛閣，高聳的亭閣。流丹，流動的紅色。形容在不同的光照下就像在飛舞流動。

燕美雙飛。（淨上）雙飛個拉裡哉。（旦轉介）阿呀，原來員外在此。（淨）多蒙娘子光顧，與老荊祝壽，只是多多簡慢。（旦）好說。愚夫婦多蒙員外、院君提攜，銘刻難忘。（淨）些須小事，何勞掛齒？（旦行，淨攔介）娘子在上，學生有句說話奉告，（笑介）只是勿好說得。（旦）不知員外有何見諭？（淨）學生呵！

【前腔】**自見嬌娘欲斷腸，思量起不禁如癡如狂。**（旦）這是那裡說起？（淨）**怎能勾共你相親，與伊相傍。**（旦）員外不可如此，不獨壞了員外的行止，妾身亦有何面目見我官人？這沒廉喪耻的事，斷然不可！（淨）今日幸遇娘子，如得珍寶，若能相從，死也甘心！顧甚麼廉耻行止？（旦背介）這便怎麼處？（淨）**暫求歡勝同鴛帳。**

學生跪裡哉，望娘子方便！（旦）員外請起！（淨）娘子允了纔起來。（旦）起來與你說。（淨）多謝娘子！（旦）此處來往人雜，倘被人知覺，不當穩便。（淨）介裡無人來個。（旦）你去看看樓下，可有人？（淨）是哉。（下樓介。旦）這多是那廝的奸計，哄我上樓。待我驚他一驚。（虛下。淨）阿呀，妙阿！

【仙呂・漿水令】**看悄無人不使驚尨⑨，這機關妙不可當。我慾心似火好難降，渾身觫軟，舉步驚慌。心急急，意忙忙，只求片刻相偎傍。**娘子，我來哉！**只指望，只指望彩鳳求凰。**（掀帳見鬼介）哎呀！**驀忽地，驀忽地變成魍魎⑩！**

⑨ 尨：狗。

（喊跌介。丑上）勿知可曾上手？讓我上去看看，介是員外，為何跌倒在地上，員外，員外，為僐了？（淨）快點扶我下去。（丑）嗄，為僐了？（淨）勿好哉，勿好哉！（丑）僐箇勿好哉？可是此女不允，故爾把你推上這一交麼？（淨）勿是，遇著子妖怪哉！（丑）妖怪在那裡？（淨）我方纔正要歡娛，只看見一個大頭青胖鬼，拏我得來一摜⓫，虧唔來救子我，勿然一命休矣！（丑）員外，怪勿得前日許官人說他是妖怪，如今果應其言。待我去叫些人來，拏介妖精，打裡一陣，罵裡一場罷！（淨）動也動勿得，且叫院君送渠歸去，我自有道理。（丑）是哉！（淨）丫頭阿，我七魄去悠然，幾乎一命休。（丑）員外，你叫做牡丹花下死，見鬼也風流。（淨）哎喲，哎喲！（丑）看仔細。（扶下）

❿魍魎：傳說中的怪物。

⓫摜：摔；扔。

第二十三齣 化香

【中呂引子・菊花新】（外上）朝辭鷲嶺睹華風，處處三乘有路通❶。火宅焰乾紅，只消我慧水慈波涌❷。

眾生如夢，大覺❸何人。須知四諦非他，要悟六塵無我❹。但使禪枝不染，自然聖果堪攀❺。運水搬柴，莫非妙道❻；黃花翠竹，那是真如❼？若論青州布衫，重七觔，重八觔，連我也不

❶ 朝辭二句：鷲嶺，即靈鷲山。三乘，佛教語。佛家以車乘比喻教法，將修道者的功力分為三等，即菩薩乘、緣覺乘、聲聞乘，其中菩薩乘能普度眾生，後二乘只能自度。

❷ 火宅二句：意謂世間的煩惱無窮，只有用佛家的智慧和慈悲之心去普度眾生，使他們擺脫煩惱。火宅，佛教語。佛家謂塵世充滿生、老、病、死等憂患，故稱塵世為火宅。乾紅，深紅色。

❸ 大覺：佛教語。指不僅自己能徹悟生、老、病、死等憂患，而且還要宣傳教義，使人覺悟。

❹ 須知二句：四諦，佛教語。又名四聖諦、四真諦，即苦諦、集諦、滅諦、道諦。指只有聖人才能真正理解的真理。六塵，佛教語。指色、聲、香、味、觸、法等六境，由眼、耳、口、舌、鼻、身六根影響人心，使人汙染，故稱「六塵」。六塵無我，看破紅塵，一切皆空。

❺ 但使二句：禪枝，指佛教徒的身心。聖果，佛教語。菩提涅槃，即修煉得道，擺脫一切煩惱，得以解脫。

知；可笑天龍❽指頭，豎一個，豎兩個，受用些甚麼？攜瓶振錫❾，何異弄影勞形？豎拂拈鎚，總是磨磚作鏡。無有可捨，方達有源；無空可住，是知空本❿。維摩⓫當日，默爾無言；豐干⓬此際，何須饒舌。誰能一口吸盡西江，老僧那時再與汝說。俺法海，自奉佛旨，命我收伏蛇妖，接引許宣。來到中華，恰好他兩人都在鎮江居住。俺因此卓錫⓭金山寺中，一來要攬取江山勝概，二來好覷個機會，指引許宣。今日天氣晴明，不免下山閒走一番。（向內介）慧澄，若有客來相訪，但道我下山去了。（內應介。下）

【中呂過曲・駐雲飛】（末敲梆上）噯，客貨被竊，不白難明呀！貨委狂風，冤苦教人何處

---

❻ 運水二句：意謂日常生活中，皆有修煉之道。妙道，奧妙、精神的修煉之道。

❼ 真如：佛教語。真實不變的佛理。真，真實；不虛妄。如，如常；不變本性。

❽ 天龍：佛教語。指天神和龍神。天、龍、夜叉等八種人眼所不能見的神靈稱「八部」，八部中以天、龍最神驗，為八部之首，故有天龍八部之說。

❾ 攜瓶振錫：佛教語。佛家把和尚說法比作瀉水於瓶，故瓶為和尚所持的一種法器。錫，即錫杖，又名禪杖、鳴杖，也為僧人所持，杖頭有環，振動出聲。

❿ 無有四句：佛教語。意謂只有認真修煉，參悟了無與空，斷絕一切煩惱，才能明瞭佛理的根本。住，安住。

⓫ 維摩：佛教人名。輔佐釋迦牟尼教化的居士。

⓬ 豐干：佛教人名。也作「封干」。原居天台國清寺。人們向他提問，只答「隨時」二字。曾騎虎入松門，人們見其無不敬禮。

⓭ 卓錫：指僧人停留，居住。卓，拄立。錫，錫杖。

控？怪事真難懂，說起魂驚悚。嗏，誰憫我途窮，覆盆⑭堪痛。（外上）何處梆聲？聒耳⑮禪心動，試問來人甚苦衷？

（末）客貨被竊，不白難明呀！（外）客官，你有甚不白之事，梆聲如此急切？（末）在下姓劉名成，湖廣襄陽人氏。在江湖販賣營生，後因資本損折，坐困年餘。幸里中好友，借銀百兩。聞得江南香料甚貴，在廣中販得數十擔檀香，內有一塊，約重一百餘觔，發愿喜捨，欲將此香裝塑觀音佛像。哎呀，誰想前夜舟泊江口，艙門未開，聽得一陣狂風，這數十擔檀香，盡皆不見，只得鳴官追緝。（外）官府便怎樣問呢？（末）官道此香被狂風攝去，又無蹤跡，難以追獲，因此不准。只得身背冤單，叩求四方仁人君子，若有知風報信者還好，倘三日後仍無蹤影，師父呵，老漢便一命難存了！（外）嗄，原來如此。（背介）我屈指算來，又被此妖竊去。孽畜阿，你又幾乎害人一命。客官，你此香已被妖魔攝取，那裡得知消息？（末）據師父說來，竟無著落了。（淚介）咳，教我怎回故鄉，難免一死矣！（外）事已如此，且免愁煩，貧僧雖係出家人，略資助些盤纏，使你還鄉，意下如何？（末）我與老師素無相識，怎好累及？（外）說那裡話！你今晚且住寶舟，明日到金山寺中，問取法海便了。（末）若得如此，真乃莫大洪恩，請上受我一拜。（外）不消。（末拜介）猶如久旱逢甘雨，卻勝他鄉遇故知。（外）明日早來。

⑭ 覆盆：倒扣的盆子，形容有冤無處申訴。

⑮ 聒耳：吵鬧；嘈雜。

（末）多謝師父！（外）好說。（末）好了，我如今回鄉有日了。（下。外）你看這漢子，幸遇老僧，不然險喪一命。我如今就到許宣門首，抄化⑯此香，把言語點悟他便了。

【古輪臺】嘆孽種，心懷毒害有誰同，終朝迷惑將人弄。紅塵念重，怎不去巴蜀山中？忘卻前修功用。我此去募化求通，隨機打動，好把沉迷指點醒顓蒙⑰。你看此處妖氣沖天，想就是他家門首。待我打坐於此，等許宣出來，與他抄化便了。阿彌陀佛！（生上）忽聞持半偈⑱，如覺萬緣空。（見外介）長老，你從那裡來，卻打坐在此？（外）貧僧乃金山寺中法海便是。只為要化取一百餘觔重的檀香一塊。（生）將來何用？（外）要裝塑一尊觀音佛像。貧僧已抄化多時了，居士⑲若肯喜捨，功德無量！（生背介）我久聞金山上有個法海禪師，德行非常，我家前夜不知何處來的數十擔檀香，內有一塊，恰如其數。今日他就在我門首抄化，事非偶然，但娘子再三囑付，不可與僧道往來，若與他說知，定不相容。也罷，待我瞞著娘子，佈施⑳與他便了。阿，長老，恰好我家有塊檀香可用，情願喜捨，但不知幾時來取？（外）既蒙居士發此信心，

⑯ 抄化：佛教語。求人施捨。又稱「募化」。
⑰ 顓蒙：愚昧。
⑱ 偈：佛經中的唱頌詞。通常四句為一偈，每句三字至七字不等。
⑲ 居士：在家修煉之人。
⑳ 佈施：佛教語。把錢物施捨給人。

明日便著徒弟每來請。二月十九日，乃是觀音菩薩聖誕，還要請居士早降拈香。（生）這個自然要來參拜。（外）若到荒山，貧僧還有要緊言語相告。（生）嗄，謹依尊命。（外）你自今回鞚㉑，

纔脫離苦海波紅。三生石㉒上，（生）正要到寶山求老師指示迷津。（外）**我歸元直指，迷塗莫縱，感悟好相從。虔心誦，慈航㉓接引舊家風。**（下）

（生）方纔聽他那番言語，一似啞謎一般，教我好生委決不下㉔。且待那日拈香，再去問他個明白便了。正是：邇㉕言必察須詳問，遠慮方能免近憂。（下）

㉑ 回鞚：勒馬回頭。鞚，馬勒；馬籠頭。

㉒ 三生石：在杭州下天竺寺後山。唐袁郊甘澤謠圓觀載，圓觀臨終時，與好友李源約定，十二年後在杭州相見。十二年後李源赴約，遇一牧童，歌道：「三生石上舊精靈，賞月吟風不要論；慚愧情人遠相訪，此身雖異性長存。」後常以三生石借指宿緣。

㉓ 慈航：佛教語。佛教以慈悲救度眾生，脫離塵世苦海，到達極樂彼岸，猶如以舟渡人，故稱「慈航」。

㉔ 委決不下：反復不定；猶豫不決。

㉕ 邇：近。

第二十四齣　謁禪

【仙呂入雙調・哭岐婆】（丑上）勝傳浮玉❶，江流浩浩，化城縹緲，勞生膠擾❷。鐘聲兩岸送昏朝，不識何人驚欲覺。

小僧乃金山寺中一個監寺慧澄的便是。今早禪師吩咐，有個施捨檀香的居士到來，著我領他先拜過世尊，然後引進講堂相見。不免往山門首伺候者。正是：盃浮野渡魚龍遠，錫振空山虎豹驚。（下。雜扮蟹蝦龜蚌上。蟹）通身甲冑仕橫行，（蝦）國號長鬚跳最精，（蚌）腹內珠光如白晝，（龜）綠毛金線勢崢嶸。（眾）今早湖主有令，叫我等先往金山，暗藏水底。說要與甚麼法海和尚爭鬥，因此齊集前來。（龜）列位哥，少停若有動靜，只消我的頭兒一伸，背兒一躬，管

---

❶ 勝傳浮玉：勝，同「盛」。浮玉，即浮玉山，指江蘇鎮江的金山、焦山。宋周必大二老堂雜誌記鎮江府金山載：「焦山大江環繞，每風濤四起，勢欲飛動，故南朝謂之浮玉山。」

❷ 化城二句：化城，佛教語。幻化的城郭。佛教指小乘境界。佛在接引眾生取得大乘佛果途中，恐其畏難，先說小乘境界，暫以止息，猶如化城，進而求取真正佛果。見法華經化城喻品。勞生膠擾，辛勞終生，紛亂不寧。

教那些禿驢，都落在我喉中。（眾）不必多言，到彼伺候便了。

【錦上花】（合）蝦蟹往前跑，蝦蟹往前跑，龜會掂鎚，蚌善輪刀。趁江潮，趁江潮，殺賊禿，圖一飽。（同下）

【普賢歌】（生上）名山隨喜❸把香燒，遙望那金碧輝煌壓翠濤。空際插寶塔，臨江喚小舠❹，隔斷凡塵遠市囂。

我昨晚與娘子說明，今日要往金山寺拈香，不知何故不肯？及我執意要來，臨行又再三囑咐，教我參拜之後，隨即就回，不可往方丈中與和尚每說話。這也好生奇怪？我想那禪師，約我今日上山，還有要緊言語，為此特地前來，求他指示迷津。來此已是江邊了，船家將船兒搖過來。

（淨上）官人，可是要到山上去燒香的？（生）正是。（淨）如此請下船來，看仔細。

【步步嬌】（生）一櫂咿啞俄來到，勝境過蓬島❺。（淨）官人到了，請上岸罷。（生）有勞了。（淨）好說。（下。丑上）曲徑通幽處，禪房花木深❻。（見生問訊介）居士何來？（生）師父拜揖！法海禪師可在山上否？（丑）在。請問居士，可是姓許名宣麼？（生）正是。師父何以知之？

---

❸ 隨喜：佛教語。遊覽寺院。

❹ 小舠：小船，形如刀，故名。

❺ 一櫂二句：櫂，船槳，借指船。蓬島，即蓬萊島，神話傳說中的仙島。

❻ 曲徑二句：見唐常建題破山寺後禪院詩。

（丑）禪師命我在此等候多時，若居士到來，先請拜過了菩薩，然後請進講堂相見。（生）既如此，煩師父指引。（丑）小僧引道了。（生）香烟寶殿飄，我參拜了金容，念罷了三寶❼。迴廊方丈去非遙，便擬同三笑。

（丑）眾香天上梵仙宮，（武元衡）得道高僧不易逢。（鍾離權）

（生）偶與遊人論法要，（韋應物）悔將名利役❽疏慵。（薛逢）

❼ 三寶：佛教語。即指佛、法、僧三寶。

❽ 役：差遣；驅使。

第二十五齣　水門

【黃鐘．北醉花陰】（旦上，貼搖船隨上。旦）恩愛夫妻難撇掉，因此上慌忙來到。只怕他聽萋菲❶把奴拋，枉耽著一嚮勤勞。奴家只為許郎要往金山寺中拈香，不能勸止。雖經囑付，莫至講堂聽那法海之言。他雖允從而去，奴家到底不能放心。為此同著青兒，乘風鼓棹❷而來，接他回去。（貼）娘娘，官人的磨折，不是一次了，為何今番這般著急？（旦）你不知，這金山寺中有個法海禪師，法力無邊，不比凡僧。許郎倘被他點悟，我終身就無結局了。（貼）娘娘，倘官人聽信法海言語，竟不回來，怎麼處？我每想個計策，好歹弄他回來纔好。（旦）我早已安排計較，且到彼再處。（貼）待我將船兒掉過去。（旦）咳，許郎！俺和您非關小，當面的囑付伊多遭❸，我只怕猛回頭歸佛教。

❶ 萋菲：又作「萋斐」。本謂花紋錯雜貌。詩經小雅巷伯：「萋兮斐兮，成是貝錦。彼譖人者，亦已大甚。」後因以萋斐比喻進讒言，羅織罪名。

❷ 鼓棹：划船。

❸ 多遭：多次。

（貼）娘娘，已到金山了。（旦）把船兒攙住山前，你放喊叫官人出來便了。（貼）是。官人快些出來！娘娘在此迎接你回去，快些出來！（丑上）誰人山門❹前喊叫？原來是兩位娘娘，你阿，是燒香個？（貼）不是。（丑）還愿個？（貼）也不是。（丑）介也差異哉，弗是燒香，又弗是還愿，娘娘家到和尚寺做僑？（貼）啐！我家官人在裡面拈香，煩你快喚他出來。（丑）人多得極，曉得那個是你官人？（貼）叫許宣。（丑）嗄，有個。我禪師弗肯叫渠下山哉。（旦、貼急介）卻是為何？（丑）禪師說：渠有甚妖怪？（旦、貼）阿？（丑）勿是，有甚白蛇青蛇纏擾渠。你官人一心要出家，勿肯歸來哉，你每歸去罷。（旦）哇，胡說！人家夫婦，怎生擅自拆散？你快去報與法海知道，若不放出官人，叫你每一寺的和尚，（丑）敢是有僑佈施？（旦）俱是個死！（丑）哎喲，兇得緊！我去報與禪師知道。禪師有請！

【南畫眉序】（外引生上。外）**忽聽語聲嘈，想是此妖前來到。**（丑）禪師，山門前有兩個堂客，要尋許官人的，口中好生利害。（生）此妖來了，怎麼處？（外）不妨，你且躲在裡面，待我去會他。（生）是。（下。外）慧澄，取我隨身的法寶來！（丑應介。持鉢盂禪杖隨上。外）**他便有毒龍般伎倆，俺只做蝘蜓相瞧**❺。（貼）禿驢！快喚俺官人出來！（外）唔？（旦）老禪師，

---

❹ 山門：寺院的大門。

❺ 他便有一句：毒龍，佛經謂大力毒龍，若眾生在前，體弱者視之便死，身強者氣往而死。蝘蜓，一種小的爬行動物，狀如壁虎。

快叫我官人出來回去。（外）孽畜阿，孽畜！你愛河裡慾浪滔滔，早回頭免生悲悼。（旦）你若不放我官人，決不與你干休！（外）勸伊休得胡廝鬧，現形時被人驚笑。

【北喜遷鶯】（旦）您休把虛脾來掉，您休把虛脾來掉。（外）你丈夫已皈依三寶❻了。（旦）口咄咄裝甚麼的么❼？（轉對貼介）怎不心焦！（貼）老師父，還俺官人罷。（外）此處是莊嚴佛地，休得在此胡纏。（旦）哎喲，急得我滿胸中氣惱，怎把俺恩愛兒夫來蔽著！禿驢，你快還我丈夫便罷！（外）不放便怎麼？（旦）你若不放我丈夫，教你性命霎時休矣！（外）你有甚道術，輒敢大言？（旦）阿呀，心懊惱，你明欺俺道術細小。您如今自把災招，您如今自把災招。

【南畫眉序】（外）伊慢肆咆哮，一味逞能施強暴。（貼）老師父，還俺官人罷！（外）他被你妖氛纏惹，怎不想開交？嘆孽緣數盡難逃，他似夢南柯被咱推覺。（旦）快還俺官人的好。（外）自今休想仙郎面，不回頭取禍非小。

（旦）禿驢這等無理，俺來擒你也。（外將拂一指介）哇！（丑暗下）護法神何在？（內應介）來也。（旦、貼作圓望❽，上船，疾搖下。雜扮眾神將上）禪師有何法旨？（外）今有妖魔，在此作

❻ 皈依三寶：即信佛。

❼ 口咄咄句：咄咄，氣勢洶洶的樣子。裝甚麼么，裝么，裝腔作勢。

❽ 圓望：傳統戲曲術語。一種戲曲表演程式，在舞臺上作圓形繞行。

耗⑨，與我速速擒來！（眾）領法旨。（旦、貼殺上，敗下。二神上）啟禪師，妖魔遁去也。（內作水聲介。龜、蟹上，舞下。旦、貼上）禿驢，快快還我官人來！（外）孽畜，憑你有甚妖法，何怯於汝？我已將他皈依三寶，再不回來了。（旦）真個？（外）真個！（旦）果然？（外）果然！

【北出隊子】（旦）咦，休得把胡言亂譊⑩，為了俺意中人將你命輕拋。（貼）娘娘，還是好好去求他，或者肯放官人，亦未可知。（旦）也說得是嗄。老禪師，你是佛門弟子，豈無菩提之心⑪？望您個發慈悲方便放渠曹⑫。（拜介）俺這裡，俺這裡禮拜焚香折柳腰。（外）我已將你妖變的根由，一一點明。他害怕，不肯與你為夫婦，你只管苦苦纏他怎的？（旦、貼起介。旦）呵喲，我這般哀求，只是不肯放還。你拆散人家夫妻，天理何在？（外）你這妖孽，既知天理，為何在人間害人？（旦）我敬夫如天，何曾害他？你明明煽惑人心，使我夫妻離散。你既不仁，罷罷，我和你誓不兩立矣！（貼）娘娘，與這禿驢見個高下。（旦）只看俺女羅剎，把您萬剮凌遲⑬，將皮來剝。

---

⑨ 作耗：搗亂。

⑩ 亂譊：大聲喧鬧。譊，喧鬧。

⑪ 菩提之心：猶菩薩心腸、慈悲之心。

⑫ 曹：輩。

⑬ 只看二句：羅剎，惡鬼。萬剮凌遲，古代的一種死刑。先割斷四肢，再割斷喉嚨，故稱。

（外）妖孽，你這等猖狂，好生交架⑭俺青龍禪杖者！（丟杖介，旦接旋下）

【南滴溜子】（外、眾合）一任你，任你妖氛混繞，俺自有佛力至妙，何必向吾作耗？威風只麼休，踴躍何堪誚。寶杖降魔，怎肯輕饒了！

（旦、貼上）禿驢，你將青龍禪杖來降俺，俺豈懼汝！（外）俺佛力無邊。

【北刮地風】（旦）呀，您道佛力無邊任逍遙，俺也能飛度沖霄。休言大覺無窮妙，只看俺怯身軀也不怕分毫。您是個出家人，為甚麼鐵心腸生擦擦⑮拆散了俺鳳友鸞交？把活潑潑好男兒堅牢閉著。把那佛道兒絮絮叨叨⑯，我不耐吁喳喳⑰這般煩撓。你若放我夫婦團圓，萬事全休。（外）我不放便怎麼？（旦）咳，禿驢嗄！你若執意如此，管教恁一寺盡嚎啕！（外）他如今似夢斷方醒，（旦）只怕你要夜迢迢夢斷魂消。

【南滴滴金】（外）勸伊行不必心焦躁，似春蠶空吐情絲自纏擾。夫妻恩愛雖非小，你丈夫呵，悟邪魔在山中藏躲著。你便是鍾情年少，何須恁殷勤來細討。掘樹尋根，枉想在這遭。

⑭ 交架：招架。

⑮ 生擦擦：生生地；活活地。

⑯ 絮絮叨叨：說話囉嗦貌。

⑰ 吁喳喳：小聲說話貌。

（旦）你不還我丈夫，咦，我恨不得食汝之肉！（外）只管胡纏，護法神與我將風火蒲團祭起空中者！（眾）領法旨。（風火神上，戰介，敗下。旦、貼上）禿驢，你的法寶安在？（貼）老禪師，放還俺官人罷！（外）胡說！（旦）你這無知的禿驢阿！

【北四門子】快送出共衾⑱同枕人來到，快送出共衾同枕人來到。（外）你早早回頭，免生後悔。（旦）哎唷唷，我恨恨恨恨恁個不動搖，怪他個遮遮躲躲裝圈套。怎怎怎怎不容俺共入鮫綃⑲。（外）你何苦執迷，快同峨眉修煉去罷！（旦）您教俺回峨眉別岫飄，把恩愛拋，便作您活彌陀也動不的俺心兒似漆膠。望您個放兒夫相會早。細思量，這牽情心腸怎掉。

【南鮑老催】（外）直恁淚澆，翻波慾海孽浪高，泥犁⑳堪悲苦怎熬？渺茫茫多罪業難消繳㉑，騰騰烈焰如焚燎。我把他迷途救出緣非𦕈，庶不負大悲心㉒，如來教。

（旦）禿驢，你執意如此，罷，說不得了。水族每！（內應，蟹、蝦、龜、蚌上）湖主有何吩咐？

（旦）與我把水勢大作，漫過金山，救俺官人便了。（眾）得令。

---

⑱ 衾：被子。

⑲ 鮫綃：據晉張華博物志載，南海外有鮫人，水居如魚，哭泣時眼能流出珍珠，能織絹。出水賣絹，寓人家中，離去時，為主人泣珠一盤。後因以鮫綃指輕紗薄絹。

⑳ 泥犁：梵語。地獄。

㉑ 消繳：消失；化解。

㉒ 我把二句：𦕈，同「眇」。微小。庶，或許。

【北水仙子】（合）恨恨恨恨佛力高，怎怎怎怎教俺負此良宵好？悔悔悔悔今朝放了他前來到。只只只只為懷六甲把愿香還禱。他他他他點破了慾海潮。俺俺俺俺恨妖僧讒口調刁㉓。這這這這癡心好意枉徒勞。是是是是他負心自把恩情勦㉔。苦苦苦苦的咱兩眼淚珠拋。（下）

（丑上）阿呀，禪師不好了！江中水勢大作，一直漫上山來了。（外）不妨。此乃妖魔法術，把我這袈裟，罩住山頭，水勢自然退去矣。（丑應下。外）護法神，速將水族驅除者！（二神將領法旨。（追殺蟹蝦龜蚌下。外）護法神，與我將此缽盂罩住此妖！（眾）領法旨。（旦、貼殺上，貼暗下。雜祭缽，淨魁星㉕上，旦遁下，淨隨下。眾）啟禪師，纔祭起寶缽，忽被文曲星㉖托住，不能罩住此妖。（外）嗄，原來如此。與我收回寶缽者。速退。（眾應下。丑上）如今是好了，幾乎做子湯團㉗。（外）請許宣出來。（丑）許官人有請。（生上）禪師，可曾收那妖孽？（外）這孽畜，腹中懷孕，不能收取。（生）他如今往那裡去了？（外）他此去，必往臨安，到你姐丈家

㉓ 讒口調刁：滿口讒言，百般刁難。

㉔ 勦：音ㄐㄧㄠˇ。滅絕。

㉕ 魁星：本作「奎星」，二十八宿之一。孝經援神契謂「奎主文章」，故迷信謂奎星為主文章之神，科舉考試時奉為主及第之神，並改名魁星。

㉖ 文曲星：又名文昌星，即魁星。

㉗ 做子湯團：蘇州方言。意謂落空。

中安身。待我送你到彼，了此孽緣。（生）阿呀，禪師，他此去必然懷恨於我，想此番見面，必然害我殘生。弟子寧死江心，決不與他相聚的嘘！（外）不妨。你與他宿緣未滿，決無相害之心。倘有甚言語，總推在老僧身上便了。待他到家分娩之後，可於淨慈寺㉘尋我，那時我自有處。（生）多謝禪師！

【雙聲子】（外）緣未了，緣未了，同六甲文星照。休急暴，休急暴，且速往佯㉙陪告。待分娩滿月到，付伊鉢將他收罩，罩此妖饒。

【尾聲】（生）急急離了金山道，赴臨安途路非遙，幸遇禪師將緣孽驚覺。

（外）妖精鬼魅鬥神通，（許碏）雲水升沉一會中。（李商隱）
（生）他日願師容一榻，（李洞）滿帆還有濟川功。（韓宗）

㉘淨慈寺：在今杭州南屏山北麓，雷峰塔位於寺前。
㉙佯：假裝。

第二十六齣　斷　橋❶

【商調・山坡羊】（旦、貼上。旦）頓然間鴛鴦折頸❷，奴薄命孤鸞照命。好教我心頭暗哽，怎知他一旦多薄倖！（貼）娘娘，吃了苦了。（旦）青兒，不想許郎，聽信法海言語，竟不下山。我和他爭鬥，奈他法力高強，險被擒拏。幸借水遁，來到臨安。哎呀，不然險遭一命！（貼）娘娘，仔細想將起來，都是許宣那廝薄倖。若此番見面，斷斷不可輕恕！（旦）便是。（貼）如今我每往那裡去藏身纔好？（旦）我向聞許郎有一姐姐，嫁與李仁，在此居住。我和你且投奔到彼。（貼）只是從未識面，倘不相留，如何是好？（旦）我每到彼，再作區處。（貼）如此，娘娘請。（旦行、作腹痛介）哎喲！（貼）娘娘為甚麼阿？（旦）青兒，我腹中疼痛，寸步難行，怎生捱得到彼？（貼）只怕要分娩了。前面已是斷橋亭，待我且扶到亭內，少坐片時，再行便了。（旦）咳，許郎呵，我為你恩情非小，不想你這般薄倖，阿呀，好不悽慘人也！（貼）可憐！（旦）歹心腸鐵做成，怎不教人淚雨零！奔投無處形憐影，細想前情氣怎平？（合）

❶ 斷橋：橋名，在杭州西湖白堤。

❷ 鴛鴦折頸：比喻夫妻分離。

淒清，竟不念山海盟；傷情，更說甚共和鳴。（同下）

（生隨外上。外）許宣，你且閉著眼。

【前腔】一程程錢塘將近，驀❸過了千山萬嶺。錦重重遙望層城，虛飄飄到來俄頃。許宣，來此已是臨安了。（生驚介）果然是臨安了。奇阿！（外）你此去若見此妖，不必害怕。待他分娩之後，你可到淨慈寺來，付汝法寶收取便了。（生）是。待弟子相送到彼。（外）不消。你可作速歸家，方纔之言不可忘了。記此行漏言禍匪❹輕。（下。生）前情往事重追省，只怕他怨雨愁雲恨未平。萍梗，歎阽危命欲傾；傷情，痛遭魔心暗驚。

（旦、貼內）許宣，你好狠心也！（生跌介）阿呀！嚇嚇死我也！你看那邊明明是白氏、青兒，哎喲！我今番性命休矣！

【仙呂宮引・五供養】今朝蹭蹬❺。（旦、貼內）許宣，你好薄情也！（生）忽聽他怒喊連聲，遙看妖孽到。勢難攖❻，空叫蒼天，更沒處將身遮隱。怎支撐？不如拚命向前行。（奔下）

---

❸ 驀：跨越。

❹ 匪：同「非」。

❺ 蹭蹬：艱難行走，比喻困頓失意。

❻ 攖：觸犯。

【仙呂過曲・玉交枝】（貼扶旦上。旦）輕分鸞鏡❼，那知他似狼心性，思量到此真堪恨，全不念伉儷深情。（貼）娘娘，你看許宣見了我每，略不回頭，潛身逃避，咦，好不可恨！（旦）不必多言，我和你急急急趕上前去！惡狠狠裴航翻欲絕雲英，喘吁吁歎蘇卿倒趕不上雙漸的影❽。（悶介。貼）娘娘看仔細。（旦）哎喲！望長隄疾急前征，顧不得繡鞋幫褪。

（同下。生上）阿呀！阿呀！

【川撥棹】真不幸，共冤家狹路行。嚇得我氣絕魂驚，嚇得我氣絕魂驚。且住，方纔禪師說：此去若遇妖邪，不必害怕。那、那、那、看他緊緊追來，如何是好？也罷，我且上前相見，生死付之天命便了！我向前時，又不覺心中戰兢。（旦、貼上。旦）謝伊家曩日❾多情，恨奴家平日無情。

（見生扯住介）許宣，你還要往那裡去？你好薄倖也！（哭介。生）阿呀娘子，為何這般狼狽？（旦、貼）你聽信讒言，把夫婦恩情，一旦相拋，累我每受此苦楚，還來問甚麼？（生）娘子，

---

❼ 輕分鸞鏡：比喻夫妻分離。

❽ 喘吁吁句：蘇卿趕雙漸，據醉翁談錄載，雙漸與蘇小卿相愛，雙漸出外遊學求官，兩年後，小卿父母雙亡，淪落揚州為倡。雙漸趕至揚州尋訪，得以相見。既而雙漸往臨川任知縣。小卿被茶商馮魁騙娶。小卿不願，乘機在金山寺留詩。雙漸見此詩，乘船追上，二人終於結為夫妻。

❾ 曩日：從前。

請息怒。你且坐了，聽卑人一言相告。（貼）那，那，他又來了。（生）那日上山之時，本欲就回，不想被法海那廝，將言煽惑，一時誤信他言，致累娘子受此苦楚，實非卑人之故唬！（哭介。貼）啐！你且收了這假慈悲。走來，聽我一言。（生）青姐有何說話？（貼）我娘娘何等待你？（生）娘子是好的阿！（貼）可又來，也該念夫妻之情，虧你下得這般狠心！（生）阿呀冤哉！（貼）於心何忍呢？（生）青姐，這都是那妖僧不肯放我下山。（貼回頭不理介。生）娘子，望恕卑人之罪！（旦）咳，許郎阿！（貼代旦挽髮介）

【商調集曲．金落索】【金梧桐】（旦）我與你噰噰弋鴈鳴⑩，永望鴛交頸。不記當時，曾結三生證，如今負此情，【東甌令】背前盟。（生）卑人怎敢？（旦）貝錦⑪如簧說向卿，因何耳軟輕相信？（拭淚起唱介）【針線箱】摧挫嬌花任雨零，【解三酲】真薄倖。【懶畫眉】你清夜捫心也自驚。（生）是卑人不是了。【寄生子】（旦）害得我飄泊零丁，幾喪殘生，怎不教人恨、恨！

（轉坐哭介。貼揉旦背介）娘娘，不要氣壞了身子。

【前腔】（生）愁煩且暫停，念我誠堪憫。連理交枝，實只願偕歡慶。風波意外生，望委曲垂情。（旦）你既知夫婦之情，怎麼聽信禿驢言語？（生）叵耐⑫妖僧忒煞狠，教人怎不

---

⑩ 噰噰弋鴈鳴：大雁和諧的鳴叫聲，比喻夫妻相愛和睦。噰噰，鳥和鳴聲。弋，黑色。

⑪ 貝錦：讒言。詩經小雅巷伯：「萋兮斐兮，成是貝錦。彼譖人者，亦已大甚。」

心兒驚。聽他一剗⓭胡言，我合受懲。（旦）阿喲，氣死我也！（生）只看平日恩情呵，求容忍。（旦）啐！（貼）這時候陪罪，可不遲了？（生）善言勸解全賴你娉婷，蹙眉山淚雨休零，且暫消停。

（跪介。旦）下次可再敢如此？（生）再不敢了。（旦）起來，起來，起來耶！（生）多謝娘子！（貼氣介）咳！（旦）只是如今我每向何處安身便好？（生）不妨，請娘子權且到我姐丈家中住下，再作區處。（旦）此去切不可說起金山之事，倘若洩漏，我與你決不干休！（貼）與你定不干休！（生）謹依尊命。青姐，我和你扶娘娘到前面去。（貼不應介。生）娘子，你看青姐，總是怨著卑人，怎麼處？（旦）青兒，青兒！（貼）娘娘。（旦）我想此事，非關許郎之過，多是法海那廝不好，你也不要太執性了。（貼）娘娘，你看官人，總是假慈悲，假小心，可惜辜負娘娘一點真心。（旦）咳！（生）娘子請。（旦）哎喲！只是我腹中十分疼痛，寸步難行。（生）不妨，我和青姐且扶到前面，喚乘小轎而行便了。

【尾聲】（旦）此行休似東君洩漏柳條青，（生）還學並蒂芙蓉交映，（合）再話前歡續舊盟。

⓬ 叵耐：不可耐；不能容忍。

⓭ 一剗：一派；完全。

（旦）還恐添成異日愁，（溫庭筠）（貼）朝成恩愛暮仇讎。（翁綬）

（生）當年顧我長青眼，（許渾）縱殺微軀未足酬。（方干）

第二十七齣　腹婚

【南呂引子・臨江梅】【臨江仙】（副淨上）苔合蓬門三徑靜，怪他喜鵲連聲❶。【一剪梅】（老旦上）山遙水遠日關情，短髮鬅鬙❷，雁影飄零。

（副淨）迅速光陰似轉圜❸，纔生一女在堂前。（老旦）若能骨肉重相見，猶如缺月再團圓。（副淨）娘子，想我年將半百，尚無子息，且喜去年生有一女，待他長成之日，擇一佳壻，你我亦終身有託。（老旦）便是。想我兄弟，自往蘇州，已逾一載，不知在彼安否❹若何？使我好生牽掛。（副淨）娘子不必愁煩，我前日遇一蘇州朋友，問你兄弟消息。（老旦）可好麼？（副淨）他在彼，倒娶了一位舅母。又說去年秋間，被人陷害，發配鎮江，未知果否？（老旦）有這等事！

---

❶ 苔合二句：苔合蓬門，蓬戶外佈滿青苔。三徑，晉趙岐三輔決錄卷一載：「蔣詡歸鄉里，荊棘塞門，舍中有三徑，不出，唯求仲、羊仲從之遊。」後因以三徑借指隱居之所。

❷ 鬅鬙：頭髮散亂。

❸ 轉圜：形容日子有如轉動圓圜，過得很快。

❹ 安否：平安與不順。

哎呀兄弟阿，不想你連遭顛沛❺，教我怎不傷心也！

【南呂過曲・繡衣郎】（合）恨當年妖女逢迎，分手匆匆避禍行。兩邊悲哽，盼盡雲山無芳訊。歎何時抖擻歸程，再相逢荊花歡並。向遙天暗禱神明，向遙天暗禱神明。

【前腔】（生上）他鄉久客急歸程，望見家門暗自驚。風塵雙鬢，女兄❻乍見應難認。此間已是姐丈門首，不免竟入。（見介）姐夫、姐姐。（老旦、副淨）阿呀，兄弟回來了！（生）正是，回來了。（老旦）兄弟，則被你想殺我也！（合）喜相逢骨肉家庭，痛遭冤招魂未定。憶當時心頭暗哽，憶當時心頭暗哽。

（老旦）兄弟，我和你姐夫，正在此想你。（生）多謝懸念！（老旦）兄弟，聞得你在蘇，做了一頭親事，可有麼？（生背介）金山之事，我且慢些說起。（轉介）有是有的，現在門外，因未稟知，不敢輕造❼。（老旦）何不早說？待我出去迎接。（生）豈敢！青姐扶娘娘下轎。（旦上）親戚初逢猶有覥，（貼上）鶼鶼堪寄且開懷。（旦）此二位就是姑夫、姑母麼？（生）正是。（旦）姑夫、姑母請上，待奴家拜見。（副淨、老旦、生同拜介。旦）未睹尊顏，日常思念。今得侍側，深慰下懷。（副淨、老旦）豈敢！久慕林風，式瞻雅範❽，老眼為之一快。請坐。（旦）告坐了。

❺ 顛沛：動盪流離。
❻ 女兄：姐姐。
❼ 輕造：輕率上門拜訪。

青兒過來！（老旦）這位是？（旦）小婢。（貼）姑爺、姑奶奶在上，青兒叩頭！（副淨、老旦）不消，請起！兄弟，你可把別後之事，說與我兩人知道。（生）姐夫、姐姐，一言難盡：

【宜春令】從別後，歎伶仃，痛遭冤衷腸淚零。喜得鴛鴦相並，荊釵愧乏諧秦晉。今日裡得轉家門，算也是徼天之幸。若細訴別離舊衷，淚珠猶迸。

（老旦）聞得你在彼，又犯何事，發配鎮江，果是有的麼？（旦）姑母聽稟：

【前腔】蒙垂問，聽訴情。陡然間，夫遭禍凌。為登山翫景，蕭家失物將巾認。（老旦）此巾何來？（旦）此是我先世遺留，枉冤做窩贓匿證。（老旦）後來怎麼？（旦）幸賴官府廉明，配往鐵甕暫為民，幸萍蹤矗定！

（副淨、老旦）原來如此。

【前腔】敘郎舅，勝班荊❾。喜鴛鸞共返家庭。三生有幸。歡然慰我桑榆景❿。今日裡骨肉團圞⓫，天賜與一堂嘉慶。便話到更闌未休，有燭更秉⓬。

---

❽ 久慕二句：林風，指婦女風度閒雅。式瞻雅範，看到高雅的風度氣派。

❾ 班荊：本指鋪開樹枝雜草。左傳襄公二十六年載，楚國伍舉獲罪離楚出奔，在鄭邊境與老朋友聲子相遇，兩人在地上鋪上樹枝、雜草，一邊吃飯，一邊商談如何返回楚國的事情。後因以班荊指朋友之誼或思鄉之情。

❿ 桑榆景：桑榆，日落之處。故以桑榆景喻指老年、晚年。

⓫ 團圞：團圓；團聚。

⓬ 便話二句：更闌，更深。闌，將盡。更秉，再拿。

（旦）請問姑母，幾位令郎？（老旦）不幸乏嗣，去年生有一女，喚名玉梅。（旦）怎生不見？（老旦）今睡熟在床。（生）我娘子身懷六甲，今已滿月，尚未臨盆。（副淨、老旦）好阿，產下麟兒⑬，定有高門之慶。（旦）姑夫、姑母在上，奴家有一言相告。（副淨、老旦）不知舅母有何見諭？（旦）奴家分娩在即，未知是男是女。倘若生男，意欲指腹為婚，日後兩家多有倚靠，不知姑夫、姑母意下如何？（副淨、老旦）妙阿，此言甚為有理。愚夫婦敢不從命？（旦）既蒙金諾⑭，不要後悔。（副淨、老旦）說那裡話？婚姻大事，一言為定，豈有翻悔之理！（旦）如此，多謝姑夫、姑母，不棄寒微！（副淨、老旦）好說。我每一同對天拜告便了！（同拜介）

【三學士】（合）**不用歃血⑮立誓盟，也索對天禱告神明。鏡臺草草無多聘，異日身榮休變更。但願如賓他日敬，蘭和玉⑯，喜氣並。**

（副淨）娘子，你陪舅母款坐，我去著人整治酒餚，與兄弟、舅母接風。（老旦）曉得。（旦）不消費心。（副淨下。旦）哎喲，為何一霎時腹中疼痛起來？（貼）定是要分娩了。（老旦）既如此，快請到裡面去罷。

---

⑬ 麟兒：美稱兒子。

⑭ 金諾：最誠信的諾言。

⑮ 歃血：古代訂盟時，口含鮮血。

⑯ 蘭和玉：美稱子弟、後代。

【劉潑帽】（旦）霎時腹痛身難定，知他是那刻離經，無災無害須輕迅。哎喲喲！（合）惟愿天天，早脫身安靜。（扶旦下）

第二十八齣　重謁

【黃鐘引子・玉女步瑞雲】【傳言玉女】（外上）水秀山明，半偈心持忘境❶，【瑞雲濃】何處著法身清淨❷。（集唐）皈依受真性，成就那羅延❸。萬法從心起，空論樹下禪❹。俺法海，自離金山，同許宣來到臨安，我卓錫淨慈寺中。因他孽緣未盡，所以教他回去。待此妖分娩之後，方可收取。

❶ 半偈句：意謂尚未聽完佛法，而內心還想著塵世之事。半偈，佛教傳說釋迦佛入雪山求道，從天帝幻化的羅剎處聽到說法的前半偈，很喜歡，想聽後半偈。羅剎不允。釋迦佛說：「如能聞之，願捨身於彼。」忘境，即妄境，虛妄不實之境，指塵世間的一切事物。

❷ 何處句：意謂哪裡能教修行的人得到清靜？著，使。法身，佛之真身。

❸ 那羅延：佛教人名。天界的力士，端正勇猛。

❹ 樹下禪：相傳釋迦牟尼本是印度迦羅毗城主淨飯王的太子，名悉多。年輕時因在閻浮樹下思考農耕之苦、諸獸相食、人類戰爭及人間生老病死之苦等問題，而生遁世之志。於是拋棄富貴的生活，乘月夜，偕侍者，乘白馬，出家求道。尋訪許多教派名師，歷盡千辛萬苦，後在正覺山菩提樹下思考七七四十九天。成為覺者世尊，人天之師。時年三十五歲。後又遊歷四方，化導眾生，凡四十九年，於拘尸城外娑羅雙樹間涅槃。

今已數滿，等許宣來時，付缽與他，先收此妖，再度許宣便了。

【出隊子】（生上）閒中追省，月老冬烘繫赤繩，姻緣怪惡誤留情。因把高僧來暗請，拆散鸞凰，心得太平。

我許宣。自蒙禪師指點，方纔憬悟❺。不想此妖到家，即時分娩。今已半月有餘，我想再不驅除，終為後患，為此特地前來。此間已是淨慈寺了，不免竟入，禪師拜揖！（外）許宣，你來了麼？（生）正是。此妖到家分娩，已經半月了。（外）既如此，你將此缽帶回，不可使妖知道。到明日巳牌時分❻，待他梳粧之際，將此缽合在他頭上，決無走脫矣。（生）禪師阿，此妖一時無狀，水漫金山，致遭天譴❼，理所應該。但弟子夫妻之情，不忍下此毒手。（外）罪孽深重，佛法難容。也罷，待我明日巳牌時分，親來收取便了。（生）謹依禪師之命。

【滴滴金】（外）歎姻緣好惡皆天定，塵世惛惛❽誰猛省？翻身跳出迷魂陣，更休提秦與晉。（生）是，弟子告辭。明日求禪師早降。（外）這個自然。（合）心如明鏡，拂塵埃來共證❾。

---

❺ 憬悟：醒悟。

❻ 巳牌時分：指上午九時至十一時之間。巳，地支的第六位。

❼ 天譴：上天的責罰。

❽ 惛惛：心中昏昧不明。

❾ 證：佛教語。指修行有所得。

且喜從今，把孽案勾清。（生先下）

（外）日與時疏❿共道親，（白居易）徐飛錫杖⓫出風塵。（杜甫）

辟蛇行者今何在？（貫休）不奈狂夫不藉⓬身。（元稹）

❿ 疏：疏遠。

⓫ 徐飛錫杖：徐，慢。飛錫杖，僧人遊歷。

⓬ 藉：顧。

第二十九齣　煉　塔

【正宮引子・破齊陣】【破陣子】（旦抱小兒上）桃靨嬌貪結子，柳腰困欲三眠❶。【齊天樂】懶離鴛幃，斜拋鳳髻，怯怯的玉肢紅軟。【破陣子】絮語芳盟天長久，母子夫妻喜笑喧，今朝遂宿緣。

奴家自被法海破我形踪，不放許郎下山，反遣揭諦神❷拿我，被我借水遁來到臨安，誰想許郎亦自還鄉。（貼立上介）在路相見，只得投奔他姐丈家中。我那日到此，隨即分娩，喜得生下個滿抱孩兒，也不枉我與他恩愛一場。（貼）娘娘，今早官人同姑爺、姑奶奶往親戚人家去，不知何事，此時也該回來了。（旦）正是。青兒，我想自遇許郎之後，不覺一載有餘，且喜生下個寧馨孩兒❸，得傳許門後嗣，也不枉我受許多磨折。（貼）是阿。

---

❶ 桃靨二句：桃靨，桃紅色的酒窩。三眠，多次睡倒。三輔故事載：「漢苑有柳狀如人形，號曰人柳，一日三眠三起。」

❷ 揭諦神：佛教神名，護法神之一。

❸ 寧馨孩兒：晉宋時俗語，猶謂這樣的孩兒。含有褒義。

【正宮過曲・漁燈兒】（旦）俺昔日西泠畔邂逅良緣，風光好壓盡桃源❹。同心賽雙頭瑞蓮，打疊起鴛行留戀。兩相投，膠漆更心堅。

【錦漁燈】暢道是月下名題共券，也經他幾多折挫顛連❺。（兒啼介。旦）兒阿，你那知做娘的喫許多苦楚阿？想今朝佳況，雖然有萬千，一似那玉梅花，風雪虐❻，始爭妍。

（貼）娘娘，將次巳牌時分，官人怎麼還不見來？（旦）你去取我鏡臺衣服出來。（貼應下。生上）暗祝妖降歸淨域，又愁邪勝戰心兵❼。昨日禪師說：今早親來收取此妖，只得將此事與姐夫、姐姐說明。猶恐害怕，為此同他母往親戚人家暫避，急急趕回，不免竟入。娘子！（旦）官人回來了。怎麼不同姑夫、姑母歸家，反白先回？（生）卑人因家中乏人，又恐娘子寂寞，故此先回的。（旦）原來如此。（生）孩兒睡熟了？（旦）纔睡著，不要驚他。（貼上）粧似臨池出，人疑月下來。官人回來了？（生）止是。（貼）娘娘，鏡臺衣服在此。（旦）放下。你抱了小官人進去安睡，到廚房下整治早饍起來。（貼）曉得。（下。生）請娘子整粧，卑人伺候。（旦）

❹ 風光句：壓盡，勝過。桃源，晉陶淵明桃花源記中所描寫的理想境界，後常借指仙境。

❺ 暢道是二句：暢道是，真正是。月下名題共券，猶謂月下老人將兩人之名題在婚姻簿上。券，文字憑證，此指婚姻簿。

❻ 虐：侵害。

❼ 暗祝二句：淨域，佛教語。指無汙濁煩惱的清淨世界。心兵，佛教語。謂內心。

有勞。（生）好說。

【正宮集曲．梁州序犯】【梁州序】（旦）橫波秋靜，遙山青展，曉開菱鑑❽相鮮。（顧生介）水晶簾下，道書❾在手把閒眠。玉臺斜凭，緩把春纖❿，卸卻包頭絹。（梳頭介）犀梳雲半吐，月娟娟，細挽香絲墮馬鬟⓫。（生）請娘子畫眉。【賀新郎】（旦）芙蓉靨，梨花面。畫雙螺⓬隱露黃金釧，【梁州序】彈粉涴，新妝倩⓭。

（外引二揭諦上。外）菩薩低眉，故自慈悲六道；金剛怒目，還須降伏四魔。呔！孽畜！俺來也！（旦驚跪介）哎呀，我佛慈悲⓮！（外）孽緣已盡，大數難逃。（旦）望饒奴命則箇！（外將鉢合旦，旦逃介。諦攔旦、出珠打介，外接珠合旦下。持鉢上。生見蛇悲介。貼上）房中為何亂喊，待我看來，啊呀！（跌介）

【朱奴插芙蓉】【朱奴兒】（貼）娘娘呀！（指鉢哭介）痛誰似你今朝可憐？（搶蛇，外攔介。

---

❽ 菱鑑：刻有菱形圖案的銅鏡。

❾ 道書：指佛教或道教經典。

❿ 春纖：美稱女子的手指。

⓫ 月娟娟二句：娟娟，美好貌。墮馬鬟，偏垂在一旁的髮髻。

⓬ 螺：青黑色的顏料，用以畫眉，故借指女子眉毛。

⓭ 倩：打扮清麗。

⓮ 慈悲：意謂憐憫輪迴於六道的眾生。

貼）怎生價禍生鴛伴！許宣，你好狠心也！負義忘情心不善，縱然忍把冰絃剪，也應憐免，看你孩兒曲全⑮。【玉芙蓉】不由人不含冤，悲憤淚如泉。【朱奴帶錦纏】【朱奴兒】（跪上哭拜介）您喜孜孜地將他宗嗣綿⑯，他惡狠狠地把連理枝割斷。您前生燒了斷頭烟⑰，（毒指生介）遭他把恁來凌賤⑱。【錦纏道】辜負您修煉千年，辜負您崇山冒險，辜負您望江樓雅操堅，幾時再見親兒面？罷罷，看俺與你報仇冤！（撲生，二諦攔介。貼閃下，丑殺上。外）揭諦神，與我降伏妖魔者！（二諦擒丑介。丑）禪師饒命！（外）念你修煉千年，不忍傷汝。可將他鎖在七寶池⑲邊，聽候佛旨便了。（二諦應介，押丑下。生背介）白氏雖係妖魔，待我恩情不薄，今日之事，目擊傷情，太覺負心了些。咳！恩怨相尋，一場懡㦬⑳，我於今省悟了也。（向外介）弟子塵心已斷，願隨師父出家。（外）善哉，善哉！汝宿根不昧㉑，回向西方，只要一心不亂，管教立地成功，速把家事處分，到淨慈寺來，

---

⑮ 縱然三句：冰絃剪，比喻斬斷夫妻之情。冰絃，琴弦。憐免，哀憐，免罪。曲全，曲意保全。

⑯ 您喜孜孜句：喜孜孜，憨笑貌。宗嗣綿，延續後代。

⑰ 燒了斷頭烟：迷信謂前世燒了斷頭香，今生會得到報應，夫妻不能團圓到底。

⑱ 凌賤：欺淩，輕視。

⑲ 七寶池：佛教語。指用金、銀、珍珠、瑪瑙等七寶所造的水池，在淨土。

⑳ 懡㦬：音ㄇㄛˇ ㄌㄨㄛˇ。羞慚貌。

㉑ 宿根不昧：修行的本性尚未泯滅。宿根，佛教語。指修行有根底。

與汝同登極樂。（生）多謝師父！（下。外）妖孽已除，不免將他壓在雷峰塔底便了。（行介）

【小普天樂】歎妖魔，將人纏，致今朝，干天譴。原非我，原非我，破你姻緣，總由他，數定難遷。看啼啼哭哭，慈心豈恝然㉒？只要將來回向，回向懺悔前愆。

來此已是塔邊了。雷火二部何在？（內應介）來也。（雜扮雷公、電母、眾火神舞上。眾）禪師有何法旨？（外）吾奉佛旨，收取妖蛇，埋於塔底，永遠鎮壓，猶恐他乘機逃遁，速將三昧真火㉓，與我燒煉成功者。（眾）領法旨。（接缽，置塔內，繞場介）啟禪師，塔已煉過了。（繳缽介。外）速退。（眾應下。外）白蛇聽者：雷峰塔倒，西湖水乾，江湖不起，許汝再世。

【普天帶芙蓉】【普天樂】鎮妖氛，來塔院。使威神，揮流電，燄騰騰赭色新燔，危岌岌欲倒彌堅㉔。【玉芙蓉】施宏願，為眾生衛扞，向西湖湊成十景夕陽邊。

【尾聲】似唐虞㉕掌火蛇龍遠，雖燄虐仁風卻善。若有人識此意呵，俺與汝同升忉利天㉖。

㉒ 恝然：無動於衷。恝，音ㄐㄧㄚˊ。

㉓ 三昧真火：佛所施放的猛火。三昧，佛教語。佛教稱修行之法。後也稱奧妙之事。

㉔ 燄騰騰二句：燔，焚燒。危岌岌，很危險的樣子。彌堅，更加牢固。

㉕ 唐虞：即唐堯和虞舜，上古時代的聖君賢明仁慈，後泛指聖人，陶唐氏和有虞氏。

㉖ 忉利天：佛教語。又稱「三十三天」，在須彌山頂，修煉得道者才能居住於此。

赤旃檀塔㉗六七級，（貫休）夕陽明滅亂流中。（韋應物）
還為萬神威聖力，（許棤）白蛇初斷路人通。（胡曾）

㉗赤旃檀塔：赤旃，紅色的曲柄旗。檀塔，檀木做的塔。

第三十齣　歸　真❶

【仙呂引子・小蓬萊】（雜韋馱引眾上）無滅無生公案，向紅塵指破機關❷。（雜）悟徹三乘妙法，把持一點靈光❸。昨日著魔由你，今朝作佛何妨！吾乃護法韋馱是也。為因佛前捧缽侍者降生塵世，恐被妖邪迷其真性，已令法海禪師，下凡奉缽收妖，引回許宣。今已功成行滿，吾奉佛旨，同眾諸天，前去接引，不免走一遭者。（行介）俺想許宣，好僥倖也！一朝便似，脫將桶底❹，久客初還。（同下）

【仙呂集曲・八仙會蓬海】【八聲甘州】（外同生上。外）許宣趲道者。（生）是。（外）飛錫湖干，俺本是西來東土偶安單❺。點化眾生六道，一個個同登也彼岸慶安瀾。【翫仙燈】堪

❶ 歸真：佛教語。又稱「歸元」、「圓寂」。意謂人死後，超脫生滅界，還歸真寂本來。

❷ 無滅二句：無滅無生，超脫生滅之煩惱，到達極樂世界。公案，關鍵的事情。機關，事物的關鍵之處。

❸ 靈光：佛教語。指佛之光明，照引、普度眾生。

❹ 脫將桶底：佛教語。坐化。

❺ 飛錫二句：湖干，湖畔。安單，佛教語。指僧侶暫時在某地住下修行。

笑那癡兒和呆女，打不破昏穽迷關❻。【月上海棠】（生）情絲挽，怎如俺跳出了紅塵，妻法喜，女慈悲❼，同返靈山。

【皂袍罩黃鶯】【皂羅袍】（外）試問那湖光如澱❽，何似金沙鋪地，功德池❾邊。林分寶樹影初圓，迦陵唱處笙歌賤❿。【黃鶯兒】（生）不須歎，繁華一瞬。（合）喜心空及第得歸閒⓫。

【步金蓮】（雜引眾上）為引三乘伴，準擬陪香飯，駕祥光影亂幢幡。（雜）我等奉佛旨，特來迎接禪師與侍者。（外、生）有勞了。（外）就此前往。（眾）領法旨。（合）指旃林禪枝共攀⓬，【金蓮子】好重把菩提細演⓭。本來面目可無言，再休提三生石上話前緣。

❻ 昏穽迷關：意謂為煩惱所束縛，陷於昏昧不明的境地。

❼ 妻法喜二句：意謂把聽佛法當作妻子，將慈悲看作女兒。法喜，聞佛法而喜。

❽ 澱：亦作「靛」，藍色顏料。

❾ 功德池：佛教語。盛滿八功德水的池子，在極樂世界。大乘義章十功德義三門分別：「功謂功能，能破生死，能得涅槃，能渡眾生，名之為功。此功是其善行家德，故云功德。」

❿ 迦陵句：意謂聽到迦陵鳥的鳴叫聲，人世間的歌舞就微不足道了。迦陵，鳥名，出自雪山。

⓫ 喜心空句：很高興脫離煩惱，歸於空閒。

⓬ 指旃林句：旃林，佛教語。指寺院，佛家稱檀香為旃檀。禪枝，喻指佛法。

⓭ 菩提細演：詳細地講說佛法。

（雜）策杖⑭臨風拂袖還，（李中）了然⑮塵土不相關。（吳融）

（外）有人問我西來意，（李翱）（生）手綻⑯寒衣入舊山。（劉長卿）

---

⑭ 策杖：拄著拐杖。

⑮ 了然：意謂看透一切，對塵世沒有牽掛。了然，明白；清楚。

⑯ 綻：縫補。

第三十一齣　塔敘

【中呂過曲・榴花泣】【石榴花】（淨上）白雲飛去杳無蹤，瑤花落盡洞門封，知他玉真有路向誰通❶。我只怕波昏愛水❷，往行總成空。

我黑風仙。在峨眉山煉神伏氣，早晚可成正果。只為義妹白雲仙姑，前往臨安，十餘年不見回來，貧道怕他一入塵凡，忘卻本來面目，因此下山打聽他的下落。來到這臨安地方，聞得他與許宣配偶，屢次不謹，貽累許宣，又在金山寺⿰女薅惱❸法海禪師，被他將缽盂收伏，壓在雷峰塔底。咳！仙姑阿，俺也曾再三勸阻，你執意不從，於今遭此磨折，幾時方得出頭也？只是兄妹之情，豈能恝置❹，須索到西湖看他一回，多少是好！

【泣顏回】好教我魂驚智窮，待何時再續遊仙夢？可憐他碧水丹山，消聲匿影，悲切切

---

❶ 他玉真句：意謂成仙的路通向誰。玉真，仙人。

❷ 波昏愛水：佛教語。指情慾，迷惑人心，是禍水。

❸ ⿰女薅惱：惹惱。⿰女薅，音ㄏㄠ。

❹ 恝置：漠然不管。恝，音ㄐㄧㄚˊ。

落照啼紅❺。

來此已是雷峰了。咳，仙姑阿！你沉淪九地，見日無由，好不傷懷也！（雜揭諦神上，喝介）何方妖道，敢來窺伺！（淨）尊神稽首。這塔底鎮伏的，是貧道義妹，他原有千年苦行，因一念爭差，致干重譴。貧道念兄妹之情，特來看他，還要提醒他一番，並無別意，望乞尊神方便！（雜）既如此，容你相見，勿得久停。（下。淨）白雲仙姑，愚兄黑風仙在此。

【中呂慢詞・柳梢青】（旦塔內唱）前情如夢，覺後真堪痛。恩債兩成空，淚雨裡鐸聲如把咱譏諷。

（淨）仙姑，愚兄在此看你。（旦）道兄在那裡？（塔底探頭出見介。淨）仙姑阿，一別十有餘年，不想你受此磨折。當初不聽愚兄之言，致有今日之苦，你可也懊悔麼？（旦）咳，這也是前緣宿孽，悔他則甚？（淨）你且把下山後的事情，細說與俺知道。（坐地介）

【中呂近詞・好事近】（旦）離緒渺難窮，提起悽惶萬種。連環別後，世網相攖業重❻。情根一點，向西湖誤把紅絲送。剛道是宿世前緣，又誰知受盡磨礱❼！

❺ 啼紅：據晉常璩華陽國志蜀志載，古蜀國望帝讓位隱遁西山後，化為杜鵑鳥，每至春月間，晝夜悲鳴，血出而止。

❻ 連環二句：連環別後，指分別後接連發生的說不清的事情。世網，佛教語。為世事所束縛。攖，纏繞。業，梵語 karman 的意譯。由身、口、意三處發動，故稱身業、口業、意業。業又有善惡之分，一般多指惡業。

（淨）這都是你自己不謹慎，後來法海禪師，收留許宣在山，你不合率領水族，淹害生靈。這個罪過，卻也不小。

【前腔】（旦）**我與他患難誓相從，萍水結成鸞鳳。那知他薄倖，背地將奴來哄。雖則是橫遭磨折，也遺下風流孽種。**（淨）仙姑生下一子了？（旦）不瞞道兄說，我與許郎，結為夫婦，在他姐姐家中，產下一個孩兒，今年已十六歲了。（淨）這也罷了。（旦哭介）兒阿！**知甚日母子相逢？迸出這金碧摩空❽。**

（淨）事已如此，且免傷懷。（內催介）快些去罷！（淨起介）敘話多時，神靈見責，我也不敢久留，須知苦海無邊，回頭是岸。你且耐心忍性，六時懺悔❾，功行到時，自然祓濯前愆，重登紫籍❿，相見有日。愚兄就此去也。（旦哭下）

【尾聲】（淨）**一番敘舊添悲慟，隔斷仙凡瞬息中。仙姑阿！那入地生天只要你心上懂。**

---

❼ 剛道是二句：剛道是，只說是。磨礱，磨難。

❽ 金碧摩空：金碧輝煌，高聳入雲。

❾ 你且二句：忍性，佛教語。在逆境中耐著心，不動氣。六時懺悔，佛教語。指早晚虔誠地懺悔。六時，指白天的朝晨、日中、日沒三時和夜間的初夜、中夜、後夜三時。

❿ 自然二句：祓濯，在參加宗教儀式前薰香沐浴。重登紫籍，重返仙界。列仙傳載：「老子西遊，關令尹喜，望見有紫氣浮關，而老子果乘青牛而過也。」後因以「紫氣」指仙道。

雪壓泥埋未死身，（白居易）至今猶謝蕊珠人⓫。（李商隱）

分離況值花時節，（趙嘏）添得臨歧淚滿巾。（羅隱）

⓫ 蕊珠人：仙人。神話傳說蕊珠宮為仙人所居處。

第三十二齣　祭塔

【南呂引子・掛真兒】（雜揭諦神上）寶鐸臨風動近遠，思量起蠖屈堪憐❶。掌上珠來，天邊書降❷，好把佛恩施展。

有子望雲哀，妖氛懺可迴。一誠相格處，金石亦為開❸。吾乃揭諦神是也。因白蛇之子許士麟得中狀元，意欲拆毀雷峰塔，救取此妖。聖主不從，特賜還鄉祭奠。我佛憐他一點孝心，特令吾神放他母子，相見一面，以慰其志。須索走一遭者。（下）

【南呂正曲・小女冠子】（小生許士麟、眾隨上）曲江賜罷瓊林宴，歸騎擁，裊蘆鞭，插宮花一任傍人羨❹。那知道萱枝零落❺，我心中怨。

---

❶ 寶鐸二句：鐸，懸掛於佛殿和佛塔簷下的大鈴，風吹動而振響。蠖屈，屈曲如尺蠖。

❷ 掌上二句：上天降下佛的旨意。

❸ 一誠二句：意謂真誠對人，即使像金石一樣心腸的人也會感化。格，感通。

❹ 曲江四句：科舉時代新及第進士賜宴，宴罷，帽插宮花，騎馬遊街三日。曲江，即曲江池，在陝西長安東南，唐代在此賜宴新及第進士。瓊林，宋宮苑名，在汴梁（今開封）城西，宋代在此賜宴新及第進士。裊蘆鞭，輕輕揮動細長的鞭子。

永懷時憶北堂恩，叫斷慈烏不可聞❻。寸草春暉無報處，枉教丹桂吐奇芬❼。下官許士麟。叨蒙❽聖恩，得中狀元，雖是金鰲獨占，際會身榮，其如窮鳥依人❾，伶仃辛苦。追想吾父誤信讒言，棄家方外❿，致令母親身遭鎮魘⓫，抱恨重泉。下官已經具疏奏聞⓬，請拆毀雷峰塔。其奈聖主未允，命下官榮歸祭奠。（淚介）咳！叫下官也無可如何。左右，祭禮可曾完備？

（眾）已備多時了。（小生）打道到雷峰去。（眾應行介）

【一枝花】（小生）**長隄桃李綻，畫舫笙歌遍⓭。湖山雖信美，恨難遣。遙望那塔影空**

---

❺ 萱枝零落：喻指母親去世。

❻ 永懷二句：永懷時憶，永遠懷念。北堂恩，母親的養育之恩。北堂，母親所居處。叫斷慈烏不可聞，比喻欲報母恩已不能。慈烏，烏長大後能銜食反哺其母，故稱「慈烏」。

❼ 寸草二句：意謂不能報答母親的養育之恩，登科及第又有何用。寸草，比喻子女。春暉，春天和煦的陽光，比喻母愛。唐孟郊遊子吟：「誰言寸草心，報得三春暉。」丹桂吐奇芬，唐馮道贈竇十：「靈椿一株老，丹桂五枝芳。」竇有五子皆及第，後因以丹桂喻指科舉及第。

❽ 叨蒙：謙詞。得到；蒙受。

❾ 雖是三句：金鰲獨占，古代宮殿前陛階上刻有巨鼇，皇帝殿試時，狀元站於鼇頭處，故稱狀元及第為獨占鰲頭。際會，機遇；時機。窮鳥，無處可棲的鳥，比喻處境窮困的人。依，投靠。

❿ 方外：佛教語。指出世；世外。

⓫ 鎮魘：鎮壓；制伏。

⓬ 具疏奏聞：寫奏章上告皇帝。

圓，淚落紛如霰⑭。我想法海那賊禿，好不可恨人也！陷害我親娘，無端施詭辨。便做道法力無邊，那曾見離間人骨肉的奸徒，曾把三乘妙演。

（丑禮生上，見介）請狀元爺拈香。（小生更衣，丑贊，拜畢，丑、雜先下。小生）哎呀，親娘阿！孩兒幼撇慈顏，不意親遭危陷。今朝睹此，好不悲慘人也！

【南呂過曲・柰子花】痛當時家禍顛連，不由人搶地呼天。追思襁褓，直至於今遊宦⑮，歎何曾見著親娘面？悲戀，直哭得我寸腸千斷！

親娘阿！孩兒已具疏奏聞，請拆毀此塔，無奈聖上不從，教孩兒日夜憂思，肝腸寸斷，如何是好？怎生得見母親一面，也使孩兒稍減悲啼！

【太師引】向湖邊，傾觴奠。痛萱親，兒還自憐。娘阿，當日裡縱不想夫榮妻貴，怎今朝還絕望母子團圓？想當時呵，兒纔匍匐誰幾諫⑯，直恁的無地求全。天應見，見那青蠅貝錦的野狐禪⑰。若要釋得我心中恨呵，投畀了虎豺有北纔消怨⑱。

---

⑬ 長隄二句：綻，開放。畫舫，裝飾華麗的遊船。

⑭ 霰：冰粒，喻指淚珠。

⑮ 追思二句：襁褓，包裹和背負幼兒所用的布，喻指幼年。遊宦，在外地做官。

⑯ 兒纔句：匍匐，伏地爬行。幾諫，婉轉地提出意見。

⑰ 見那句：青蠅、貝錦皆喻指進讒言之人或讒言。野狐禪，禪宗譏稱那些妄稱開悟而流入邪僻者。

⑱ 投畀句：意謂將他們扔給虎豹豺狼吃掉，救出母親，才能消除心中的怨恨。投畀了虎豺，扔給虎豹豺狼吃

（旦塔內探頭出介）哎呀兒阿！（小生）呀，你看塔中霎時現一婦人，想就是我的親娘了！哎呀，娘阿！（跪哭上介）

【太師引犯】急忙前，誰承望今朝會面。細端相，教我心兒更慘然！似不似夢中曾見？身投穽陷，怎能彀攜手言旋？（旦）親兒阿！難得你一點孝心，不枉你娘受此摧挫也。（小生哭介）哎喲，親娘呀！直如此含冤受譴，恨不得替娘親分憂同患。愁無限，有誰能出手援？【刮鼓令】倒不如拚將一命喪黃泉⑲！

（旦）兒阿，事已如此，不必悲痛，但願你日後夫妻和好，千萬不可學你父薄倖！（小生）阿呀，我那親娘阿！（旦）我還有一言。（小生）孩兒謹聽。（旦）你今身受國恩，當為皇家宣力，不要苦苦思念我，做娘的雖在浮圖之下，亦得瞑目矣！（小生）孩兒敢不遵依慈訓！（旦哭介）今日一別，永無見面之期了！兒阿，你去罷！（小生）哎呀，我那母親阿！

【前腔】十餘年，苦憶慈親面。望雲飛，曉夜悽惶有萬千。甫巴得⑳今朝一見，便時時侍奉周旋，也難補前頭慕怨。那知又咫尺間，霎時天樣遠。空懸戀，良辰吉蠲㉑，恨不

掉。北，即北堂，借指母親。

⑲ 黃泉：即地下、陰間。迷信謂人死後靈魂所在。

⑳ 甫巴得：好容易。

㉑ 良辰吉蠲：選擇吉祥的日子。吉蠲，祭祀前選擇吉日，齋戒沐浴。

得剗平七級，頃刻鴈堂前㉒！

（雜上，小生更衣拜介）

【尾聲】（小生）慈幃㉓拜別西湖畔，奈百結愁腸輾轉，都付與夕照烟蕪哭杜鵑。

每逢佳節倍思親，（王維）歎逝翻悲有此身。（劉長卿）

古往今來拋日月，（希道）少分光影照沉淪。（元稹）

㉒ 恨不得二句：剗，同「鏟」。七級，佛塔七級，故指佛塔。鴈堂，佛堂。鴈，同「雁」。據釋氏要覽載，吡舍離為佛作堂，形如雁字，故名雁堂。

㉓ 慈幃：借指母親。

第三十三齣　捷婚❶

【南呂引子・于飛樂】（副淨、老旦上）喜喬遷❷，高折桂。慶好合，滿門佳氣。花燭照，鳳簫珠翠。（老旦）且喜士麟姪兒，春闈❸高中狀元，欽賜榮歸，祭母完婚。今早他往雷峰塔去了，此時將次回來。（副淨）正是。分付掌禮人伺候。（內應介。小生上）錦標連理歡方始，風木望雲哀未忘❹。（副淨、老旦）姪兒回來了。（小生）回來了。（副淨、老旦）今日黃道大吉，分付請新

---

❶ 捷婚：成親。捷，成。

❷ 喬遷：舊時美稱搬家或升官。

❸ 春闈：古代科舉時的考場，因科舉多在春季舉行，故名。借指科舉考試。

❹ 錦標二句：錦標連理，及第和婚姻。錦標，據五代王定保唐摭言慈恩寺題名遊賞賦詠雜紀載，唐盧肇家貧，上京應試時，郡牧因其貧窮而獨不給他餞行。次年，盧肇狀元及第歸，刺史十分慚愧，特請盧肇觀看賽龍舟。盧肇賦詩曰：「向道是龍剛不信，果然銜得錦標歸。」後因以錦標指狀元及第。風木，韓詩外傳卷九載：「樹欲靜而風不止，子欲養而親不待也。」後因以「風木」或「風樹」比喻父母雙亡，不得奉養。望雲，新唐書狄仁傑傳載：「仁傑登太行山，反顧，見白雲孤飛，謂左右：『吾親舍其下。』瞻悵久之。雲移，乃得去。」後因以「望雲」指思念父母。

人出來。（雜掌禮人上，催請如常介。小生）許乘龍❺，原不異膝前兒女。（淨、丑扮使女，扶小旦上）把嬌容暗護，喜連枝伴羞作對。

（小生、小旦拜堂如常介。雜下。小生）姑爹、姑母請上，待姪兒拜謝！（副淨、老旦）不消。

（小生、小旦同拜介）

【南呂過曲・天下樂】（小生）整絳綃衣，謝深恩撫育非容易。掌中珠❻更憐比翼，子姪仍兼子壻。（背介）榮華正歡還暗悲，驀忽地天屬❼來心裡。（合）從今改門閭❽，天賜家榮貴。羨佳禮，鶼鶼燕婉，百歲傚于飛❾。

（末上）啟爺，錢塘縣到門賀喜。（小生）姑爹、姑母請進後堂。（副淨、老旦同小旦下。丑上）地理蛇母休疑幻，天產麟兒事更奇。（小生迎介。丑）老先生，恭喜賀喜！（小生）多謝老父母❿光臨，不知有何見諭？（丑）卑職奉節度大人之命，特送五花官誥⓫在此。（小生）有勞老父

❺ 乘龍：據藝文類聚卷四十引張方楚國先賢傳：「孫俊字文英，與李元禮俱娶太尉桓焉女。時人謂桓叔元兩女俱得乘龍，言得婿如龍也。」後因以乘龍美稱女婿。

❻ 掌中珠：極鍾愛的人，多指愛女。

❼ 天屬：天然的親屬，指父母子女等親屬關係。

❽ 門閭：門庭。

❾ 鶼鶼二句：意謂夫妻相親相愛，永不分離。燕婉，舉止安閒柔順貌。

❿ 老父母：敬稱地方官。

母，容日登堂叩謝。（丑）豈敢！卑職告辭。（小生）請少坐。（丑）不消。請了。（下。副淨、老旦上）姪兒，錢塘令特來恭喜麼？（小生）送姑爹、姑母並姪兒本身的官誥到此，說朝廷隨後封贈我二親。（副淨、老旦）生受⑫你。請新人出來，一同穿戴，望闕⑬謝恩。（淨、丑扶小旦上，同拜介）願吾皇萬歲、萬歲、萬萬歲！

【青歌兒】（合）攜花誥，聖恩疊至，玉堂人福齊文備⑭。家庭美滿慶芳菲，花添錦上，占盡寰間⑮歡喜。

桂枝香惹蕊珠香⑯，（殷堯藩）　佳兆聯翩遇鳳凰。（李商隱）

內史通宵承紫誥⑰，（蘇頲）　年年長占斷春光。（殷文珪）

⑪ 五花官誥：古代皇帝賜爵或封官的詔令。

⑫ 生受：有勞；辛苦。

⑬ 闕：皇宮門前兩旁的望樓，借指皇宮。

⑭ 攜花誥三句：花誥，即詔令。疊至，接連來到。玉堂人，能登上宮殿之人，即做官人。玉堂，漢代宮殿名。福齊文備，福運和文運，即中狀元的機遇都具備。

⑮ 寰間：天下；人間。

⑯ 桂枝句：意為狀元及第有如登天成仙。

⑰ 內史句：內史，官職名。西周始置，協助天子管理爵、祿、廢、置等政務。秦朝，內史掌管治理京師。西漢初，諸侯國置內史，掌民政。歷代沿置。隋始廢。紫誥，皇帝的詔書，用錦囊盛，紫泥封口，加印章，故名。

第三十四齣　佛圓

【羽調・四季花】（外引二揭諦雜旛蓋❶上。合）真實唱無緣，把三身悟❷，群生度，般若重宣❸。無邊慈雲，法雨週大千❹。菩提印心秋月圓，火光中開寶蓮❺。（外）解鈴須用繫鈴人，又向紅塵走一巡❻。識取魔皈原是道，兩忘魔道便成真❼。俺法海。向為接引許宣，將

---

❶ 旛蓋：旌旗和華蓋。

❷ 真實二句：意謂宣講佛法，使眾生覺悟佛的道理，擺脫塵世的束縛，無牽無掛。真實，佛教語。離迷情，絕虛妄。唱，宣講佛法。無緣，擺脫塵世的束縛。三身悟，覺悟佛法。三身，指佛。

❸ 群生度二句：意謂為普度眾生，重新宣講佛法。群生度，佛教語。普度眾生。般若，佛教語。智慧；通達道理。

❹ 法雨句：意謂讓佛法遍及大千世界。法雨，佛教語。妙法有如雨露，能滋潤眾生，故名。大千，即大千世界，廣闊無邊的世界。

❺ 菩提二句：印心，銘刻在心。火光中開寶蓮，維摩經佛道品：「火中生蓮華，是可謂稀有。在欲而行禪，稀有亦如是。」後因以「火中生蓮華」比喻雖身處塵世，但能擺脫塵世的種種束縛，進入清靜世界。

❻ 一巡：一遍。

❼ 識取二句：意謂使妖魔歸心向佛，原本是善行；拋棄惡行，離開惡魔世界，即可成佛。

白蛇鎮壓雷峰塔底，經今廿載有餘，我佛慈悲，慧眼照他災限已滿，又感伊子許士麟興哀風木❽，哭奠呼天，孺慕❾之誠，數年不懈，因此原命俺去赦他出來，並饒了青蛇，今早令其先往塔邊伺候。來此漸近臨安，須索趲行者。（眾應行介）迴天返日❿，祓濯舊愆，如吹暖律幽谷暄⓫。一念許生天，好疾似剎那珠獻⓬。抵多少天轉地轉，輪轉電轉流轉⓭。

（眾）啟禪師，已到西湖邊了。（外）你看湖山如畫，風景不殊，只是纔更十次閏⓮，已換一番人。石火電光⓯，好不可駭也！（貼上）呀，禪師早先到了。（外）命你先行，為何遲滯？（貼）量青兒有甚道術，怎趕得上禪師？（外）這也罷了。可速向前與白氏說我在此。（貼）是。（向

---

❽ 興哀風木：哀悼亡母。

❾ 孺慕：對母親的悼念。

❿ 迴天返日：形容力量強大。

⓫ 吹暖律句：意謂宣講佛法，如同吹奏暖律，震動幽深的山谷，使眾人覺悟。暖律，漢劉向別錄載，燕有谷，地美而寒，五穀不生。鄒衍吹奏音樂，使其地變暖，能長莊稼。

⓬ 一念二句：一念許生天，佛教語。一念之間皈依佛法，往生彼岸極樂世界。剎那珠獻，佛教語。指修成正果。珠獻，龍女向佛獻上寶珠，表示已證圓果。

⓭ 抵多少二句：佛教謂世間眾生在六道中流轉輪迴，永無休止。

⓮ 風景二句：不殊，沒有改變。閏，農曆有閏月的一年叫閏年，五年兩閏，十次閏，即二十五年。一番人，一代人。

⓯ 石火電光：形容時光飛快。

塔白介）娘娘，娘娘！

【四時花】（旦塔內唱）沉埋久不見天，耳畔誰來尋喚？（貼）娘娘，是青兒和法海禪師在此。（旦驚介）阿呀青兒！你為何同他來？今番我定是死也！為他喫盡波查⑯，怎又來心懷不善？（貼）娘娘休慌，聽青兒細細說來：並不是使神通尋戈動鋋⑰，休得要戰兢兢擔憂淚漣。只為你有報春暉佳兒叫冤，感動那古先生⑱將伊罪原。（旦）原來如此。（哭介）我的士麟孩兒阿！做娘的生受你也！青兒阿，誰想今日得見你面也？（貼哭介）娘娘呀！追憶從前，痛時乖命蹇。（合）且喜今日重逢，舊事總休言。

（諦白外介）待小神將塔毀了，放白氏出來罷？（外）不消，留下與後人瞻仰，也顯得佛力無邊。（外將拂一指，旦從塔後出，貼代更衣，拜介）多謝禪師！（旛蓋引生上）佛爺有旨，跪聽宣讀：世尊若曰，一切眾生，皆有佛性，能懺罪則見晛俱消⑲。士有百行，以孝為先⑳，感格誠如舍矢中的㉑。咨爾㉒白氏，雖現蛇身，久修僊道。堅持雅操，既勿惑於狂且㉓；教子忠貞，

⑯ 波查：折磨。

⑰ 尋戈動鋋：動用武器。戈、鋋，古時武器名。戈，長柄橫刃。鋋，小矛。

⑱ 古先生：道家傳說謂老子西遊，化胡成佛，以佛為其弟子，自號古先生。後多以「古先生」指佛或佛像。

⑲ 見晛俱消：邪念都消除。晛，日光。

⑳ 士有二句：意謂文人所應有的德行中，以孝為最重要。

㉑ 感格句：意謂為誠信所感動，就好似箭射中靶心。感格，感於此而達於彼。舍，發射。矢，箭。

復不忘乎大義。宿有鎮壓之災，數不過於兩紀㉔。念伊子許士麟廣修善果，超拔萱枝㉕，孝道可嘉，是用㉖赦爾前愆，生於忉利㉗。自此洗心回向，普種善因，可成正果。使女青兒，頗明主婢之誼，不以艱危易志，亦屬可矜，並濯厥辜㉘，相隨前往。於戲㉙，佛道宏深，初不外於倫理㉚；女身垢穢，本無礙於利根㉛。爾其勉旃㉜！善哉謝恩！（旦、貼）願佛爺法輪㉝常轉，聖壽無疆！（生、旦見介。外）少年一段風流事，只有佳人獨自知。你兩人的情事，都放下不用說了。（生、旦微笑介）禪師，放下個甚麼？

㉒ 咨爾：咨，歎字。爾，你。
㉓ 勿惑於狂且：意謂不要被輕薄的人所迷惑。狂且，瘋狂醜惡的人，多指輕薄的人。
㉔ 兩紀：即二十四年。一紀為十二年。
㉕ 念伊子二句：廣修善果，多做善事。超拔萱枝，超度母親，使其擺脫苦難。
㉖ 是用：因此。
㉗ 生於忉利：上天成仙。
㉘ 頗明四句：誼，通「義」。德行。易志，改變志向。可矜，值得稱讚。厥，其。辜，罪。
㉙ 於戲：嘆詞，同「嗚乎」。
㉚ 初不句：意為並非不顧倫理道德。初不，從來不。外，疏遠。
㉛ 利根：佛教語。能很快領悟佛教真諦的本性。
㉜ 爾其句：其，語助詞，含有期望的語氣。勉旃，努力。旃，語助詞，相當於「之焉」。
㉝ 法輪：佛教語。比喻佛法。

【勝如花】（外）真堪哂㉞，實可憐，沒事尋絲做繭。（向旦介）只因他送暖偷寒㉟，（指生介）作成伊傷恩賈怨㊱。到今日兩般須辨，慢說是前緣後緣，更休提新愆舊愆，覺後都捐㊲。（生）看頻伽餉遠㊳，（旦）增和減虛空誰見？（合）猛回頭笑殺從前，猛回頭笑殺從前。

【馬鞍兒】（旦）大峨春盡飛英點㊴，無端攪一覺白雲眠。（貼）吳山越水空留戀，意花繁情絲亂綰㊵。（旦、貼合）若不是珠鐸晨鐘驚起，那能彀行功成塔影般圓？（外）纔知我殺人寸鐵鉗錘健㊶。（生）水風地火，四蛇摔斷㊷。（合）今朝悟，緣不淺，夫妻每同向龍華會上拜金僊。

㉞ 哂：微笑。

㉟ 送暖偷寒：暗中關懷，多指男女之情。

㊱ 傷恩賈怨：傷害恩情，招來怨恨。

㊲ 捐：拋棄。

㊳ 頻伽餉遠：頻伽，佛教謂鳥鳴聲，在極樂淨土。餉，送。

㊴ 大峨句：大峨，山勢高峻。飛英，落花。點，飄零。

㊵ 綰：纏繞。

㊶ 健：有力。

㊷ 水風二句：佛教語。佛教稱水、風、地、火為四大，若四大彙集在一起，如同四蛇居於一處。

【慶時豐】（小旦、丑天女執花上）**銖衣初試東風軟，誰空結習落花偏**43**？**（見外介）禪師稽首！（外）天女何來？（小旦、丑）俺每曉得白雲仙姑，蒙佛恩超拔上生天界，奉大梁郄后娘娘懿旨44，特來接引他到忉利天宮去。（外）好，他正愁不識路哩！白氏，你同青兒隨他每去，我與許宣回覆佛旨便了。（旦）奴意欲回家看我孩兒一面，未知可否？（貼）俺抱了小官人一場，也想要見見他。（外）不消。大後日是清明佳節，他夫婦俱要到塔前祭掃，汝那時下來見他一次，說明就裡，以慰其孝思足矣！（旦）嗄，既如此，俺就拜辭禪師，同姐姐每去也。（三旦、丑合）**回看齊州九點烟，天關虎豹奇毛戲**45**。雲程迥，妙景妍，瑤華香靄白榆錢**46**。金繩界，蜺旌展，逍遙初聽奏鈞天**47**。**（同下）

（外）許宣，白氏已昇忉利天宮，俺與你速回佛旨者。（生）是。（行介）

---

43 結習落花偏：結習，佛教語。煩惱。維摩經觀眾生品謂，維摩詰室有一天女，聽到說法，便現其身，將天花撒在諸菩薩和大弟子身上。花撒在諸菩薩身上，立刻掉落地上，撒到大弟子身上，便沾上不掉。結習盡者，花不沾身；結習未盡者，花便沾身。

44 懿旨：皇后的詔令。

45 回看二句：齊州，中州，即中國。九點烟，到處都是香煙。天關，天門。奇毛戲，淺毛虎。

46 瑤華句：瑤華，潔白如玉的花。香靄，香煙籠罩。白榆錢，白色的榆莢，一串串如一貫貫的銅錢。

47 金繩界三句：金繩界，指佛界。佛經謂離垢國用金繩分別界限。蜺旌，旗杆上飾以五彩羽毛的旌旗。鈞天，指天上的樂曲。

【排歌】（合）他今日呵，向百尺竿頭，打將筋斗，只如平地鞦韆，撒開兩手肯胡纏，自在中流不用船。憶昔年，當法筵，紺青石鉢佛親傳㊽。功成返，不憚艱，也無非為眾生大事一姻緣。

【尾聲】歎世人盡被情牽挽，釀多少紛紛恩怨，何不向西湖試看那塔勢凌空夕照邊。（同下）

十層突兀在虛空㊾，（張南史）剎對金螭落照中㊿。（李紳）
地壓龍蛇山色別，（王建）真元浩浩理無窮。（韋應物）
晴窗檢點白雲篇，（杜甫）清似湘靈促柱絃(51)。（劉禹錫）
三點成六猶有想(52)，（苑咸）潛薰玉燭奉堯年(53)。（李群玉）

㊽ 當法筵二句：法筵，佛教語。宣講佛法的集會。紺青石鉢，用青銅石做的缽子。紺青石，藍銅礦，又名青銅石。

㊾ 十層句：十層，指寶塔。突兀，高聳。

㊿ 剎對句：剎，寺廟。螭，傳說中一像龍而色黃、無角的動物，常用以建築物上的裝飾。

(51) 清似句：湘靈，神話傳說中的湘水之神。相傳為舜妃子溺於湘水而變。見後漢書馬融傳李賢注。柱絃，指絃樂器。

(52) 三點句：見唐苑咸酬王維詩。佛經梵文「伊」字如草書「下」字，寫作「∴」，像漢字「六」，故謂「三點成六」。

(53) 潛薰句：玉燭，四時風調雨順，溫潤清和，故稱玉燭，指太平盛世。堯，傳說中的上古時期的聖君，在位一百年，天下太平。故以堯年喻指太平盛世。

中國古典名著

專家校注考訂　古典小說戲曲大觀

世俗人情類

紅樓夢　曹雪芹撰　饒彬校注

脂評本紅樓夢　曹雪芹原著　脂硯齋重評　馬美信校注

金瓶梅　笑笑生原作　劉本棟校注　繆天華校閱

老殘遊記　劉鶚撰　田素蘭校注　繆天華校閱

平山冷燕　天花藏主人編次　張國風校注　謝德瑩校閱

品花寶鑑　陳森著　徐德明校注

野叟曝言　夏敬渠著　黃珅校注

綠野仙踪　李百川著　葉經柱校注

禪真逸史　方汝浩撰　黃珅校注

海上花列傳　韓邦慶著　姜漢椿校注

九尾龜　張春帆著　楊子堅校注

醒世姻緣傳　西周生輯著　袁世碩、鄒宗良校注

三門街　清・無名氏撰　嚴文儒校注

花月痕　魏秀仁著　趙乃增校注

孽海花　曾樸撰　葉經柱校注　繆天華校閱

魯男子　曾樸著　黃珅校注

遊仙窟　玉梨魂（合刊）　張鷟、徐枕亞著　黃瑚、黃珅校注

筆生花　心如女史著　黃明校注　亓婷婷校閱

浮生六記　沈三白著　陶恂若校注　王關仕校閱

玉嬌梨　天藏花主人編撰　石昌渝校注

好逑傳　名教中人編撰　石昌渝校注

啼笑因緣　張恨水著　束忱校注

歧路燈　李綠園撰　侯忠義校注

公案俠義類

水滸傳　施耐庵撰　羅貫中纂修　金聖嘆批　繆天華校注

兒女英雄傳　文康撰　饒彬標點　繆天華校注

三俠五義　石玉崑著　張虹校注　楊宗瑩校閱

七俠五義　石玉崑原著　俞樾改編
楊宗瑩校注　繆天華校閱

小五義　清・無名氏編著　李宗為校注

續小五義　清・無名氏編著　文斌校注

蕩寇志　俞萬春撰　侯忠義校注

綠牡丹　清・無名氏著　劉倩校注

羅通掃北　鴛湖漁叟較訂　劉倩校注

楊家將演義　紀振倫撰　楊子堅校注　葉經柱校閱

萬花樓演義　李雨堂撰　陳大康校注

粉妝樓全傳　竹溪山人編撰　陳大康校注

七劍十三俠　唐芸洲著　張建一校注

包公案　明・無名氏撰　顧宏義校注
謝士楷、繆天華校閱

海公大紅袍全傳　清・無名氏撰
楊同甫校注　葉經柱校閱

施公案　清・無名氏編撰　黃珅校注

乾隆下江南　清・無名氏著　姜榮剛校注

歷史演義類

三國演義　羅貫中撰　毛宗崗批　饒彬校注

東周列國志　馮夢龍原著　蔡元放改撰
劉本棟校注　繆天華校閱

東西漢演義　甄偉、謝詔編著　朱恒夫校注
劉本棟校閱

隋唐演義　褚人穫著　嚴文儒校注　劉本棟校閱

說岳全傳　錢彩編次　金豐增訂　平慧善校注

大明英烈傳　楊宗瑩校注　繆天華校閱

神魔志怪類

西遊記　吳承恩撰　繆天華校注

封神演義　陸西星撰　鍾伯敬評
楊宗瑩校注　繆天華校閱

濟公傳　王夢吉等著　楊宗瑩校注　繆天華校閱

三遂平妖傳　羅貫中編　馮夢龍增補　楊東方校注

南海觀音全傳　達磨出身傳燈傳（合刊）
西大午辰走人、朱開泰著　沈傳鳳校注

諷刺譴責類

儒林外史　吳敬梓撰　繆天華校注

官場現形記　李伯元撰　張素貞校注　繆天華校閱

文明小史　李伯元撰　張素貞校注　繆天華校閱
鏡花緣　李汝珍撰　尤信雄校注　繆天華校閱
二十年目睹之怪現狀　吳趼人著　石昌渝校注
何典　斬鬼傳　唐鍾馗平鬼傳（合刊）
張南莊等著　鄔國平校注　繆天華校閱

擬話本類

拍案驚奇　凌濛初撰　劉本棟校注　繆天華校閱
二刻拍案驚奇　凌濛初原著　徐文助校注
繆天華校閱
喻世明言　馮夢龍編撰　徐文助校注　繆天華校閱
警世通言　馮夢龍編撰　徐文助校注　繆天華校閱
醒世恒言　馮夢龍編撰　廖吉郎校注　繆天華校閱
今古奇觀　抱甕老人編　李平校注　陳文華校閱
豆棚閒話　照世盃（合刊）
艾衲居士、酌元亭主人編撰
陳大康校注　王關仕校閱
石點頭　天然癡叟著　李忠明校注　王關仕校閱
十二樓　李漁著　陶恂若校注　葉經柱校閱
西湖佳話　墨浪子編撰　陳美林、喬光輝校注
西湖二集　周楫纂　陳美林校注

型世言　陸人龍著　侯忠義校注

著名戲曲選

竇娥冤　關漢卿著　王星琦校注
漢宮秋　馬致遠撰　王星琦校注
梧桐雨　白樸撰　王星琦校注
琵琶記　高明著　江巨榮校注　謝德瑩校閱
第六才子書西廂記　王實甫原著　金聖嘆批點
張建一校注
牡丹亭　湯顯祖著　邵海清校注
荊釵記　柯丹邱著　趙山林校注
荔鏡記　明・無名氏著　趙山林等校注
長生殿　洪昇著　樓含松、江興祐校注
桃花扇　孔尚任著　陳美林、皐于厚校注
雷峰塔　方成培編撰　俞為民校注
倩女離魂　鄭光祖著　王星琦校注

國家圖書館出版品預行編目資料

雷峰塔／方成培編撰;俞為民校注.－－二版一刷.－
－臺北市：三民，2020
面； 公分.－－(中國古典名著)

ISBN 978-957-14-6815-0（平裝）

853.6 109005444

中國古典名著

雷峰塔

編 撰 者 | 方成培
校 注 者 | 俞為民
封面繪圖 | 劉 憶

發 行 人 | 劉振強
出 版 者 | 三民書局股份有限公司
地 址 | 臺北市復興北路 386 號 (復北門市)
臺北市重慶南路一段 61 號 (重南門市)
電 話 | (02)25006600
網 址 | 三民網路書店 https://www.sanmin.com.tw

出版日期 | 初版一刷 2013 年 6 月
二版一刷 2020 年 6 月
書籍編號 | S857710
I S B N | 978-957-14-6815-0

三民書局